汪政 ◎ 编注

无可奈何花落去·二晏词

人民文学出版社

图书在版编目(CIP)数据

无可奈何花落去:二晏词/汪政编注.—2版.
—北京:人民文学出版社,2016
(恋上古诗词:版画插图版)
ISBN 978-7-02-012246-2

Ⅰ.①无… Ⅱ.①汪… Ⅲ.①晏殊(991—1055)-宋词-诗歌欣赏 ②晏几道(1038—1110)-宋词-诗歌欣赏 Ⅳ.①I207.23

中国版本图书馆CIP数据核字(2016)第307791号

责任编辑:徐文凯
特约策划:尚　飞
装帧设计:高静芳

出版发行　人民文学出版社
社　　址　北京市朝内大街166号
邮政编码　100705
网　　址　http://www.rw-cn.com

印　　刷　山东德州新华印务有限责任公司
经　　销　全国新华书店等

开　　本　890毫米×1240毫米　1/32
印　　张　5.75
插　　页　2
字　　数　145千字
版　　次　2011年1月北京第1版　2017年2月北京第2版
印　　次　2017年2月第1次印刷

书　　号　978-7-02-012246-2
定　　价　25.00元

如有印装质量问题,请与本社图书销售中心调换。电话:010-65233595

前 言

北宋杰出词人晏殊、晏几道,以其出色的创作实绩,先后对北宋词坛的繁荣做出过重大贡献,是当时最重要、最具影响力的词人。由于二人的父子关系以及词风上的某些相似,被词话家们并称为"二晏",成为中国历史上有名的父子文学家。

就作品的题材和思想内容而言,二晏之词大多为春恨秋愁、男欢女爱、羁旅忧思、离愁别绪之属。这主要缘自两方面的因素:一方面是因为他们官僚士大夫、贵族子弟特有的生活环境所限;另一方面是因为当时文体分工的观念,即所谓"诗庄词媚"之说。词为艳科,在那时只不过是花间酒下的文字游戏,佐酒侑觞、供人取乐而已。尽管如此,二晏之词对于我们今天仍然具有不小的认识价值,他们的作品表现了古代文人的生活情调和思想感情,从中可以见出当时的时代情绪和社会风貌。

晏殊(991~1055),字同叔,抚州临川(今属江西)人。七岁能属文,真宗以神童召试,赐同进士出身。擢秘书省正字,累官至枢密使,进同中书门下平章事。宋仁宗庆历中,拜集贤殿学士,同平章事,兼枢密使。后降为工部尚书,又复至户部尚书,以观文殿大学士知永兴军(治所在今陕西西安),徙河南府。以疾请归京师,逾年卒。谥元献。为人好贤,名臣范仲淹、韩琦、富弼皆出其门。为文赡丽,诗属西昆体,词承南唐系统,近于冯延巳。著有《珠玉词》。

晏殊是北宋专工令词而且以词名世的第一人,是最早步入宋词领域的作家,堪称北宋初期词家之祖。晏殊词的题材大多较为传统,其中有不少消遣之作,在安逸闲散的生活中找一些春花秋月的闲愁来吟咏一番。一面陶醉于富贵绮艳的歌舞生活,一面又总是带着淡淡的忧愁。如"满目山河空念远,落花风雨更伤春"(《浣溪沙》),"无穷无尽是离愁,天涯地角寻思遍"(《踏莎行》)等词句,流露的便是这类情调。有些作品则表现出消极颓废的人生观。如"不如怜取眼前人"(《浣溪沙》)、"劝君绿酒金杯,莫嫌丝管声催"(《清平乐》)和"今朝有酒今朝醉,遮莫更长无睡"(《秋蕊香》)。这种思想情绪,既是安逸生活的必然产物,同时也反映出词人对官场生活的厌倦无奈。晏殊还有不少词篇,在感伤时光流逝、人生无常之际,表露出一种富有哲理的伤感。这种伤感的情绪虽然只是为日常琐事而发,但却蕴含着词人深刻的体验,因而带有相当的普遍性,能够引起欣赏者的情感共鸣。如《采桑子》:

一曲新词酒一杯,去年天气旧亭台。 夕阳西下几时回。　　无可奈何花落去,似曾相识燕归来。 小园香径独徘徊。

这类感触人心的作品雅致隽永,充分体现出小令语短情长的特点。晏殊词的语言凝练生动、少事雕琢,精致而不流于晦涩,自然而不流于浅白。雍容冲和、闲雅清婉是其主要的风格特征。他对于当时一些庸滥的题材作了含蓄化、典雅化的处理,抹去了浮艳俚俗的情调,显现出一种曼妙含蓄、雅丽蕴藉的风格。这种风格的形成,与其深厚的文学修养、细腻的诗人气质以及优越的身份地位均有内在的关联。

晏几道(1030?～1106?),字叔原,号小山,江西临川(今属江西)人,晏殊第七子。早年曾任颍昌府许田镇(今河南许昌西南)监,崇宁间任开封府推官,职位低微。晚年生活贫困,但不践贵人之门,蔡京于重九、冬至日遣客求词,几道两作《鹧鸪天》,无一语及蔡。他以贵介公子,落拓一生。词与乃父齐名,或以为造诣超轶其父。著有《小山词》。

晏几道虽然有着显赫的家世,但仕途并不得意。于是,他将郁郁不平之志寄寓于男欢女爱之中。对爱情的向往和追求,几乎成为其主要的精神寄托。他希望用爱情来建立一个与现实人生截然不同的情感世界,以消解生活中无法排遣的孤独苦闷。

作为一个至情至性之人,他执着地以词来抒写生活中的切身体验,尤其是爱情生活中的悲欢离合。在《小山词自跋》中,他自述其创作动机是因为"往者浮沉酒中,病世之歌词,不足以析酲解愠,试续南部诸贤绪余,作五、七字语,期以自娱"。也许是由于社会地位和生活遭际的不同,晏几道的作品在思想内容上比晏殊更具可观之处,其中最可称道的要数那些描写烟花女子的作品。如《采桑子》:

　　　　西楼月下当时见,泪粉偷匀。歌罢还颦。恨隔炉烟看未真。　　别来楼外垂杨缕,几换青春。倦客红尘。长记楼中粉泪人。

词中的歌女心中痛苦万分,流泪不止,但为了取悦客人,还得强颜欢笑,含泪歌唱。这类作品在真实反映歌女舞姬悲惨生活的同时,寄予了词人对她们真切的同情和怜惜;在揭露社会阴暗面的同时,流露出词人的真挚感情,实为难能可贵。

　　工于言情是小晏词的显著特色,但他很少直抒胸臆,往往采用婉曲的表达方式,选择富有特征的形象和富于表现力的细节,运用精美贴切的语言,抒写缠绵伤感的情思。陈廷焯在《白雨斋词话》中说:"李后主、晏叔原皆非词中正声,而其词则无人不爱,以其情胜也。情不深而为词,虽雅不韵,何足感人?"以前的词家描写恋情往往只做泛化处理,而晏几道所写的恋情,则时而有着明确而具体的对象,主要是表现他与友人沈廉叔、陈君龙家的莲、鸿、蘋、云四位歌女之间的情爱悲欢。他在词中常常会直接写出自己心仪女子的芳名。由于与情人无缘相见,晏几道只能在词中构建梦境以重温昔日的甜蜜爱情。在他的二百多首词中,有五十二首写到"梦",以致其《小山词》具有一种如梦似幻、灵动缥缈的风韵。晏几道总是以至性之笔写自伤之慨,凄恻伤感而能动摇人心,他突破了其父雍容典雅的词风,形成一种悲楚哀怨的感伤情调,并将慢词的艺术手法运用于小令创作,显得婉约细腻而跌宕俊逸,创造出丰富的层次感和清刚顿挫之美。善于化用前人诗句也是小晏词的一大特色,如《临江仙》(梦后楼台高锁)中"落花人独立,微雨燕双飞"一联,便是采自五代翁宏《春残》诗成句。信手拈来,贴切自然而浑然天成。在语言运用上,《小山词》时而显得自然流利、清新疏淡,时而又显得曲折深婉、雕缋华美。可以说,晏几道从语言的精度和情感的深度两方面将艳词小令的艺术发挥到了极致。

总之,二晏之词虽然上承晚唐、五代之余绪,但在令词的技法上愈趋完善,将令词创作推向了一个新的高峰。二人于酒间花下,一往情深,同宗而殊境,韵共而情近,以其美轮美奂的妙词佳构,为宋词的发展开辟了道路,成为近千年来词家竞相学习、效仿的楷模,时至今日仍然深受广大读者的青睐与推崇。

晏殊《珠玉词》共一百三十六首，本书选录三十七首；晏几道《小山词》共二百五十六首，本书选录八十四首。皆以唐圭璋《全宋词》为依据，参阅其他版本，出入之处，择善而从，不予注明。本书所选，大致囊括了二晏词的精华。注释力求浅明，不避反复。多采前人评语，以资参考。悉以普及为本务，旨在方便大众。本人浅学寡悟，书中讹误在所难免，敬请读者指正。

目录

前言

珠玉词选

浣溪沙（一曲新词酒一杯）	3
浣溪沙（一向年光有限身）	6
浣溪沙（阆苑瑶台风露秋）	8
浣溪沙（小阁重帘有燕过）	9
浣溪沙（红蓼花香夹岸稠）	10
浣溪沙（淡淡梳妆薄薄衣）	11
更漏子（藓华浓）	12
鹊踏枝（槛菊愁烟兰泣露）	13
清平乐（金风细细）	16
清平乐（红笺小字）	18
清平乐（春花秋草）	20
采桑子（时光只解催人老）	21
采桑子（阳和二月芳菲遍）	23
喜迁莺（花不尽）	23
撼庭秋（别来音信千里）	25
少年游（重阳过后）	27
酒泉子（三月暖风）	28

1

木兰花(燕鸿过后莺归去)	28
木兰花(池塘水绿风微暖)	29
木兰花(玉楼朱阁横金锁)	31
木兰花(朱帘半下香销印)	32
诉衷情(芙蓉金菊斗馨香)	32
踏莎行(细草愁烟)	34
踏莎行(祖席离歌)	37
踏莎行(碧海无波)	39
踏莎行(小径红稀)	40
雨中花(剪翠妆红欲就)	42
蝶恋花(南雁依稀回侧阵)	44
蝶恋花(帘幕风轻双语燕)	44
菩萨蛮(高梧叶下秋光晚)	46
相思儿令(昨日探春消息)	47
山亭柳(家住西秦)	48
破阵子(燕子来时新社)	49
破阵子(海上蟠桃易熟)	52
破阵子(忆得去年今日)	53
玉楼春(绿杨芳草长亭路)	53
临江仙(资善堂中三十载)	55

小山词选

临江仙(梦后楼台高锁)	59
临江仙(斗草阶前初见)	62
临江仙(淡水三年欢意)	63
临江仙(旖旎仙花解语)	65
蝶恋花(初撚霜纨生怅望)	66
蝶恋花(庭院碧苔红叶遍)	67
蝶恋花(喜鹊桥成催凤驾)	68
蝶恋花(醉别西楼醒不记)	69
蝶恋花(碧玉高楼临水住)	71
蝶恋花(梦入江南烟水路)	72
蝶恋花(笑艳秋莲生绿浦)	74
鹧鸪天(彩袖殷勤捧玉钟)	75
鹧鸪天(守得莲开结伴游)	78
鹧鸪天(醉拍春衫惜旧香)	79
鹧鸪天(小令尊前见玉箫)	80
鹧鸪天(十里楼台倚翠微)	82
鹧鸪天(楚女腰肢越女腮)	82
鹧鸪天(碧藕花开水殿凉)	84

3

鹧鸪天（题破香笺小砑红）	85
生查子（金鞭美少年）	86
生查子（关山魂梦长）	87
生查子（坠雨已辞云）	87
生查子（长恨涉江遥）	88
生查子（远山眉黛长）	89
南乡子（新月又如眉）	92
南乡子（小蕊受春风）	93
南乡子（眼约也应虚）	94
清平乐（春云绿处）	95
清平乐（波纹碧皱）	96
清平乐（幺弦写意）	97
清平乐（笙歌宛转）	98
清平乐（莺来燕去）	99
清平乐（心期休问）	100
清平乐（烟轻雨小）	100
清平乐（红英落尽）	101
清平乐（西池烟草）	102
清平乐（蕙心堪怨）	103
清平乐（双纹彩袖）	104

木兰花（秋千院落重帘幕）	105
木兰花（小颦若解愁春暮）	107
木兰花（小莲未解论心素）	108
木兰花（玉真能唱朱帘静）	109
木兰花（初心已恨花期晚）	110
减字木兰花（留春不住）	111
减字木兰花（长杨辇路）	111
菩萨蛮（来时杨柳东桥路）	112
菩萨蛮（娇香淡染胭脂雪）	113
玉楼春（东风又作无情计）	114
玉楼春（采莲时候慵歌舞）	116
阮郎归（旧香残粉似当初）	117
阮郎归（天边金掌露成霜）	118
归田乐（试把花期数）	120
浣溪沙（二月和风到碧城）	121
浣溪沙（日日双眉斗画长）	123
浣溪沙（楼上灯深欲闭门）	125
六么令（绿阴春尽）	126
六么令（雪残风信）	127
更漏子（槛花稀）	129

5

更漏子(柳间眠)	129
御街行(街南绿树春饶絮)	130
浪淘沙(小绿间长红)	131
丑奴儿(昭华凤管知名久)	132
诉衷情(凭觞静忆去年秋)	133
诉衷情(长因蕙草记罗裙)	134
破阵子(柳下笙歌庭院)	136
点绛唇(花信来时)	137
点绛唇(明日征鞭)	138
点绛唇(妆席相逢)	139
两同心(楚乡春晚)	140
少年游(离多最是)	142
少年游(西楼别后)	142
虞美人(闲敲玉镫隋堤路)	143
虞美人(曲阑干外天如水)	144
虞美人(疏梅月下歌金缕)	145
采桑子(秋千散后朦胧月)	146
采桑子(红窗碧玉新名旧)	147
采桑子(西楼月下当时见)	148
采桑子(无端恼破桃源梦)	149

满庭芳（南苑吹花）	150
留春令（画屏天畔）	151
清商怨（庭花香信尚浅）	152
秋蕊香（歌彻郎君秋草）	154
思远人（红叶黄花秋意晚）	154
碧牡丹（翠袖疏纨扇）	157
附录一　珠玉词总评	160
附录二　小山词总评	167

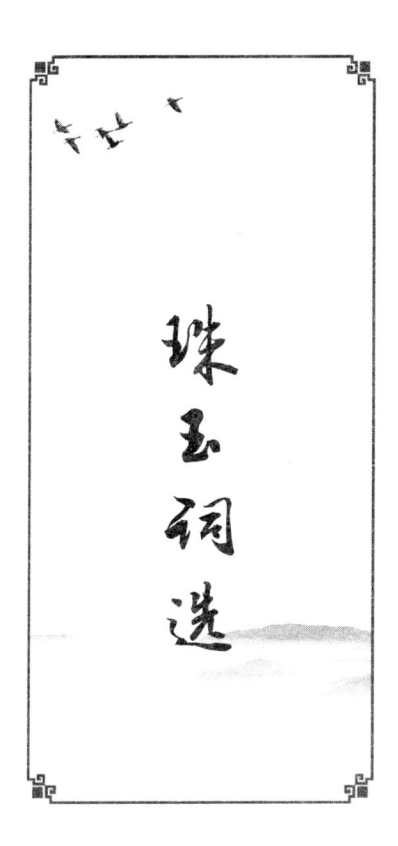

珠玉词选

浣溪沙[①]

一曲新词酒一杯,去年天气旧亭台[②]。夕阳西下几时回。　无可奈何花落去,似曾相识燕归来[③]。小园香径独徘徊[④]。

注释

[①] 这首词以"无可奈何花落去,似曾相识燕归来"二句名世。词篇惋惜春日的归去和年华的流逝,属对工整流利,蕴含着启迪人心的生活哲理。上片从对酒听歌写起,自然过渡到对以往经历的回忆,惆怅之情油然而生。下片描写暮春时节最具代表性的两组景物,抒写惜春之情,最后以词人独自徘徊的形象作结。

[②] "去年"句:用郑谷《和知己秋日伤怀》诗成句:"流水歌声共不回,去年天气旧亭台。"

[③] "似曾"句:燕子每年春天归来,故有似曾相识之感。

[④] 香径:花间小路,或指落花满地的小径。

辑评

杨慎曰:"无可奈何"二语工丽,天然奇偶。(《词品》)

卓人月曰:实处易工,虚处难工,对法之妙无两。(《古今词统》)

浣溪沙（一曲新词酒一杯）

王士禛曰：或问诗词、词曲分界，予曰："无可奈何花落去，似曾相识燕归来"，定非香奁诗；"良辰美景奈何天，赏心乐事谁家院"，定非草堂词也。（《花草蒙拾》）

张宗橚曰：元献尚有《示张寺丞王校勘》七律一首："元巳清明假未开，小园幽径独徘徊。春寒不定斑斑雨，宿醉难禁滟滟杯。无可奈何花落去，似曾相识燕归来。游梁赋客多风味，莫惜青钱万选才。"中三句与此词同，只易一字。细玩"无可奈何"一联，情致缠绵，音调谐婉，的是倚声家语。若作七律，未免软弱矣。并录于此，以谂知言之君子。（《词林纪事》）

俞陛云曰：首句但纪当日之事，入手处不侵占下文地位。次句即叙明本意，言风景不殊，亭台依旧，乃总括全篇。三句承去年天气而言，流光容易，又换今年，安得鲁阳挥戈，再反虞渊之日耶？下阕承前半首之意，言春不能留，花亦随之落去，花既无情，惜花者空付奈何一叹。"归燕"句承"旧亭台"之意，虽梁燕寻巢，似曾相识，若有情而实无情。花与鸟既无以慰情，徒增惆怅，伤离感旧之深，焉得逢人而语？惟有徘徊芳径，立尽斜阳耳。（《唐五代两宋词选释》）

唐圭璋曰：此首谐不邻俗，婉不嫌弱。明为怀人，而通体不着一怀人之语，但以景衬情。上片三句，因今思昔。现时景象，记得与昔时无殊。天气也，亭台也，夕阳也，皆依稀去年光景。但去年人在，今年人杳，故骤触此景，即引起离索之感。"无可"两句，虚对工整，最为昔人所称。盖既伤花落，又喜燕归，燕归而人不归，终令人抑郁不欢。小园香径，惟有独自徘徊而已。余味殊隽永。（《唐宋词简释》）

浣溪沙①

一向年光有限身②,等闲离别易销魂③。酒筵歌席莫辞频④。　　满目山河空念远,落花风雨更伤春。不如怜取眼前人⑤。

注释

① 这首词抒发流连歌酒之际的悲观失意。
② 一向:即一晌,表示短暂的时间。年光:春光。有限身:有限的生命。
③ 等闲:随便,平常。销魂:形容极其哀愁。
④ "酒筵(yán)"句:意谓不要嫌酒筵歌席过于频繁。酒筵,酒席。
⑤ "不如"句:化用元稹《会真记》中莺莺诗:"还将旧来意,怜取眼前人。"怜取,爱着。怜,爱。取,语助词。

辑评

俞陛云曰:此词前半首笔意回曲,如石梁瀑布,作三折而下。言年光易尽,而此身有限,自嗟过客光阴,每值分离,即寻常判袂,亦不免魂销黯然。三句言销魂无益,不若歌筵频醉,借酒浇愁,半首中无一平笔。后半转头处言浩莽山河,飘摇风雨,气象恢宏。而"念远"句承上"离别"而言,"伤春"句承上"年光"而言,欲开仍合,虽小令而具长调章法。结句言伤春念远,只恼人怀,而眼前之人,岂能常聚,与其落月停云,他日徒劳相忆,不若怜取眼前,乐其晨夕,勿追悔蹉跎,申足第三句"歌席莫辞"之意也。(《唐五代两宋词选释》)

吴梅曰:惟"满目山河空念远,落花风雨更伤春"二语,较"无可奈何",胜过十倍。而人未之知,可云陋矣。(《词学通论》)

唐圭璋曰:此首为伤别之作。起句,叹浮生有限;次句,伤别离可哀;第三句,说出借酒自遣,及时行乐之意。换头,承别离说,嘹亮入云。意亦从李峤"山川满目泪沾衣"句化出。"落花"句,就眼前景物,说明怀念之深。末句,用唐诗意,忽作转语,亦极沉痛。(《唐宋词简释》)

赵尊岳曰:此词感慨特深,堂庑更大,忽而拓之使远,又复收之使近,诚有拗铁为枝之幻。亦惟如此,始益见其沉郁。……以年光有限而不胜离别之苦,则遇盛会自不愿轻易放过,惟眼前所见之境界、天时,虽盛会亦不能减其幽忧。此直无可奈何之情绪?故只能珍惜此一刻之盛会,聊以自娱而已。远既无可排愁,返求诸近,尚以爱此当前人物为得计,庶足少慰。此中不得已之辛酸,回环讽咏,真深于情者。"满目"句,既就眼界所及,拓之极远,而曰"空念远",则预识别后虽远望,亦终空无所补也。此句中暗转之法,愈转而情愈深,可谓厚矣。欲通厚字诀者,视此。(《〈珠玉词〉选评》,见《词学》)

浣溪沙①

阆苑瑶台风露秋②,整鬟凝思捧觥筹③。欲归临别强迟留。　　月好谩成孤枕梦④,酒阑空得两眉愁⑤。此时情绪悔风流⑥。

注释

① 这首词表达对一位歌女的追念。
② 阆(làng)苑:阆风之苑,传说中仙人所居之处。瑶台:传说神仙所居之所。
③ 鬟(huán):古代妇女的环形发髻。觥(gōng)筹:酒杯和行酒令记数之具。
④ 谩成:空成,徒成。
⑤ 酒阑:谓酒宴将尽。
⑥ 风流:多情,滥于用情。

辑评

俞陛云曰:瑶台阆苑,言地之高华;凝思整鬟,言人之庄重,虽捧觥筹,可望而不可即。明知徒费迟留,迨酒阑人散,独自成愁,始知追悔当时,固何益耶? 既已悔之,而复孤梦愁眉,低回不置,姑寄其无聊之思耳。元献生平不作妮子语,此词或有所指,非述绮怀也。(《唐五代两宋词选释》)

浣溪沙①

小阁重帘有燕过,晚花红片落庭莎②。曲阑干影入凉波③。　　一霎好风生翠幕④,几回疏雨滴圆荷⑤。酒醒人散得愁多。

注释

① 这首词既描绘出词人优越闲适的生活环境,又流露出"酒醒人散"后索寞怅惘的心绪。
② 晚花:春晚的花。红片:落花的花瓣。庭莎(suō):庭院里所生的莎草。莎草为多年生草本植物,多生于潮湿地区或河边沙地。
③ 曲阑干:弯曲的栏杆。
④ 一霎:极短的时间。翠幕:翠色的帷幕。也比喻苍翠浓荫的林木。
⑤ 圆荷:圆圆的荷叶。

辑评

赵尊岳曰:词中写景必求生动,又必须于一句之中兼叙生动之事。此词起拍于小阁,则掩以"重帘",帘外复有燕过,生动可知,且能领略清景矣。则此中自有人在,故不明言有人,留俟读者体会,匣剑帷灯之妙,端在于此。小令虽不过数句数十字,然当包举时地以尽其胜,方见布局之完整,故起拍就"小阁"言,为室中所见,继之即以时节言,为园中所见,其于时令并不明加勾勒,但就园中落花上轻轻用一"晚"字,则花落必为晚春时节,不言可喻,运思入神,于此为极则。换头下二句,率出以生动之笔,风曰"好风",雨曰"疏雨",既属晚春天气,复合园林景色。晏素用闲雅从容之笔,写从容驰荡之情,即以眼前所见,信手入词,绝不施以雕琢,而自见天趣,此所以开一代之风气,树词林之典范也。结句归人愁思,以"酒醒人散"四字,点出盛筵,省去无数歌舞劝酬之描写,为词家又开一法门。(《〈珠玉词〉选评》,见《词学》)

唐圭璋曰:此首写池阁景物,清圆宛转,笔无点尘。起句,写阁内燕人;次句,写阁外花落;第三句,写阑影入池,美境如画。换头,写风生,写雨滴。末句,总束全词,补出池阁盛宴,与人散后之愁情。此词二、三、五、六句之第五字皆用入声,其他用双声之处亦颇多,如阁过干、花红好回荷、帘落阑凉、莎疏散皆是,可见大晏严究声音之一斑。(《唐宋词简释》)

浣溪沙①

红蓼花香夹岸稠②,绿波春水向东流③。小船轻舫好追游④。　　渔父酒醒重拨棹⑤,鸳鸯飞去却回头⑥。一杯销尽两眉愁。

注释

① 这首词表现春日行舟之际的闲情逸致。
② 红蓼(liǎo)：一种草本植物，多生水边，花呈淡红色。稠：多而繁密。
③ "绿波"句：化用李煜《虞美人》词："问君能有几多愁，恰似一江春水向东流。"
④ 舫(fǎng)：小船。
⑤ 棹(zhào)：摇船的一种工具，形状和桨差不多。
⑥ 却：还。

浣溪沙①

淡淡梳妆薄薄衣，天仙模样好容仪②。旧欢前事入颦眉③。　　闲役梦魂孤烛暗④，恨无消息画帘垂。且留双泪说相思。

注释

① 此词抒写闺愁相思。

② 容仪:容貌仪态。

③ 颦(pín)眉:紧皱的眉头,愁眉。

④ 闲役梦魂:空劳梦魂。役,驱使。

辑评

　　吴梅曰:《浣溪沙》之"淡淡梳妆薄薄衣,天仙模样好容仪"……诸语,庸劣可鄙。已开山谷、三变俳语之体,余甚无取也。(《词学通论》)

更漏子①

　　蕣华浓②,山翠浅③,一寸秋波如剪④。红日永⑤,绮筵开⑥,暗随仙驭来⑦。　　遏云声⑧,回雪袖⑨,占断晓莺春柳⑩。才送目,又颦眉⑪,此情谁得知。

注释

① 这首词描写一位歌女姣好的眉目体态。

② 蕣(shùn)华:木槿之花,夏秋开花,有红、白等多种,朝开暮谢。此处用以形容女子的容颜。

③ 山翠浅:形容女子黛眉浅淡如远山。

④ 秋波:比喻美女的目光,形容其清澈明亮。如剪:比喻目光敏锐。

⑤ 永:长,久。

⑥ 绮筵:华美的宴席。

⑦ 仙驭:本指仙驾,仙人骑的鹤,这里指侍女。

⑧ 遏(è)云:形容歌唱的声调高亢嘹亮,能阻止天上的流云。遏,阻止。

⑨ 回雪袖:舞动袖子,有如雪花飘拂。

⑩ 晓莺:喻歌声清脆婉转。春柳:比喻舞姿轻盈婀娜。

⑪ 颦(pín)眉:皱眉头。

鹊踏枝①

槛菊愁烟兰泣露②,罗幕轻寒③,燕子双飞去④。明月不谙离恨苦⑤,斜光到晓穿朱户⑥。昨夜西风凋碧树⑦,独上高楼,望尽天涯路。欲寄彩笺兼尺素⑧,山长水阔知何处。

注释

① 这首词抒写闺中妇人的离愁别怨。

鹊踏枝（槛菊愁烟兰泣露）

② 槛菊：种在栅栏内的菊花。槛，指防护花木的栅栏。泣露：滴露。
③ 罗幕：丝织品制成的帷幕。
④ "燕子"句：燕子是迁徙鸟类，每年秋天飞往南方。此句点明时令。
⑤ 谙(ān)：熟悉，此处意为知道、理解。离恨：因别离而产生的愁苦。
⑥ 斜光：指落月之光。朱户：富贵人家的门户以朱漆涂之，故曰朱户。
⑦ 西风：指秋风。
⑧ 彩笺：此处指代书信。兼：连词，并。尺素：指书信。

辑评

陈廷焯曰：缠绵悱恻，雅近正中。（《词则·大雅集》）

王国维曰：《诗·蒹葭》一篇，最得风人深致。晏同叔之"昨夜西风凋碧树，独上高楼，望尽天涯路"，意颇近之，但一洒落，一悲壮耳。　又曰："我瞻四方，蹙蹙靡所骋，"诗人之忧生也。"昨夜西风凋碧树，独上高楼，望尽天涯路"似之。　又曰：古今之成大事业、大学问者，必经过三种之境界。"昨夜西风凋碧树，独上高楼，望尽天涯路"，此第一境也。"衣带渐宽终不悔，为伊消得人憔悴"，此第二境也。"众里寻他千百度，回头蓦见，那人正在，灯火阑珊处"，此第三境也。此等语皆非大词人不能道。（《人间词话》）

清平乐[1]

金风细细[2],叶叶梧桐坠。绿酒初尝人易醉[3],一枕小窗浓睡。　　紫薇朱槿花残[4],斜阳却照阑干[5]。双燕欲归时节,银屏昨夜微寒[6]。

注释

[1] 这首词展现一种闲适恬静的生活状态。

[2] 金风:秋风。

[3] 绿酒:美酒。古代土法酿酒,酒色黄绿,故称绿酒。

[4] 紫薇:花木名,又称满堂红、百日红。落叶小乔木,夏秋之间开花,淡红紫色或白色。朱槿:落叶灌木,又名佛桑、扶桑,叶阔卵形,花红、白色。

[5] 却:正。阑干:即栏杆。

[6] 银屏:屏风的美称。

辑评

先著、程洪曰:《清平乐》"金风细细":情景相副,宛转关生,不求工而自合。宋初所以不可及也。(《词洁辑评》)

俞陛云曰:纯写秋来景色,惟结句略含清寂之思,情味于言外求之,宋初之高格也。(《唐五代两宋词选释》)

赵尊岳曰:此词抒写静中情味,雅韵欲流。前阕叙景、写事、择景中之最幽倩者入之于词,再写怨思,亦出以雅,全不着迹相。夫酒以多饮而醉,今日初尝易醉,则知醉人者,盖别有故,初不在酒,其故即在怨思而已。比较明用"愁"、"怨"等字,又深一层。少饮已易醉矣,醉且浓睡,此"浓"字点出深愁,运字之细,不见斧斤,直开二百年后吴梦窗之蹊径。以后阕重描前阕,使其益显精神,此固作家之一法,但重描则可,过于勾勒则伤朴。词伤于朴,便不浑厚。……后人之描画浓睡者,多就梦中设想立言,以显其浓,亦即每患勾勒太过。此首不言梦中事,而言醒后事。当午小饮,醒已斜阳,以酣睡之久,见睡之浓,诚白描圣手。再以"花残"陪衬"斜阳",益形生色。况且与前"叶叶梧桐坠"相呼应耶?末后别开新境界,仍与全首照顾,以昨夜微寒,托出今日之细风斜阳,而又以燕归为之前驱,此与"朱槿"引出"斜阳"同一法门。事外远致,于风光婉约中见出无聊之情思,时光之易过,所谓静中情味也。(《〈珠玉词〉选评》,见《词学》)

唐圭璋曰:此首以景纬情,妙在不着意为之,而自然温婉。"金风"两句,写节候景物。"绿酒"两句,写醉卧情事。"紫薇"两句,紧承上片,写醒来景象。庭院萧条,秋花都残,痴望斜阳映阑,亦无聊之极。"双燕"两句,既惜燕归,又伤人独,语不说尽,而韵特胜。(《唐宋词简释》)

清平乐[1]

红笺小字[2]，说尽平生意。鸿雁在云鱼在水，惆怅此情难寄[3]。　　斜阳独倚西楼，遥山恰对帘钩[4]。人面不知何处，绿波依旧东流[5]。

注释

[1] 这首词抒写相思之苦。
[2] 红笺：供题咏或书信之用的小幅红色纸张，此处指代书信。
[3] "鸿雁"二句：意谓鸿雁和鱼都不能为自己传递书信，表达情意。古代传说中有鸿雁或鱼为人传递书信的故事。
[4] "遥山"句：意谓远山正对着自己的窗户。
[5] "人面"二句：用崔护"人面桃花"故事。据孟棨《本事诗》载，崔护郊游，至村居求饮，有女给之，含情依桃伫立。明年是日再访，则人去室空。护题诗于门，云："去年今日此门中，人面桃花相映红。人面不知何处去，桃花依旧笑春风。"

辑评

陈廷焯曰：低回婉曲。（《词则·闲情集》）

俞陛云曰：言情深密处，全在"红笺小字"。既鱼沉雁杳，欲寄无由，剩有流水斜阳，供人愁望耳。以景中之情作结束，词格甚高。（《唐五代两宋词选释》）

赵尊岳曰：此词说离情之深，莫与伦比，用笔之妙，更匪夷所思。为诉离情而致书矣，于书则以小字衬出，"说尽"二字，极言其长且冗，以见情之絮絮，不能自已。于是书就付邮，讲述鱼雁，此致书之物毕具，致书之途俱在，宜可以书传情矣。其下乃紧接反语，另立新意，曰书虽得达，而情仍难寄，遽以惊险之笔，徒涉峰回，便成路转。盖能寄者书，书虽小字繁长，殷殷道意，固尚不足罄此衷肠，则寄书亦徒多此一举耳。立意绝妙，运笔绝精，十余字间……用反笔倍写其意，是古文家手法，以之入词。在在暗转，不见些许生硬，是何等力量耶？凡治词者，咸尚暗转，北宋初行此法者犹少，晏开其端矣。后阕申说寄书不能寄情，则作书之人始终惘惘，如有所失。遂述此所失之景象，曰倚楼，曰对帘，以"斜阳"喻时光之易逝，以"遥山"喻所思之眉痕，然后始结出内心，以"依旧东流"为歇拍，示此愁之永无可解，盖用后主"一江春水"句，而变化出之者，凡使用前人名句，当知变化，于此亦可窥其迹象。（《〈珠玉词〉选评》，见《词学》）

唐圭璋曰：此首上片抒情，下片写景，一气舒卷，语浅情深。"红笺"两句，述思念衷曲。"鸿雁"两句，怅无从寄笺。下片，但写遥山绿波，而相思相望之情，其何能已。"人面"句，从崔护诗化出。（《唐宋词简释》）

清平乐①

春花秋草,只是催人老②。总把千山眉黛扫③,未抵别愁多少。　劝君绿酒金杯④,莫嫌丝管声催⑤。兔走乌飞不住⑥,人生几度三台⑦。

注释

① 这首词描写时节的流逝、人生的离合,流露出感慨自哀的情绪。
② 只是:总是,尽是。
③ 总:纵然,即使。千山眉黛:眉毛的颜色、形状与山相近,因而此处用千山来形容女子双眉的秀丽。黛,青黑色颜料。古代女子用以画眉,故称眉黛。
④ 绿酒:古代土法酿酒,酒色黄绿,故称绿酒。
⑤ 丝管:弦乐器与管乐器,泛指乐器。
⑥ 兔走乌飞:指日月流逝。兔,代指月亮。乌,代指太阳。
⑦ 三台:本为星座名,代指崇高的官位。古代以星象征人事,称三公为三台。

辑评

赵尊岳曰:此首直抒胸臆,放胆写来,已由感慨而入于沉痛之途,故商音激楚,已非向者可比,此于晏词应视之为"别裁"。"总把"下着一"扫"字,便并前文之"春花秋草"而率扫之矣,然扫此春秋之代谢,尚不克抵别愁,则别愁之深可知,然作者更出慧心,不言其深,而问其多少,使读者自己领悟,自己忖度,其运笔之妙如此。下文过拍,由别愁转入销愁。销愁惟持当前之歌酒而已,故继之以歌酒。然仍累用酬答体,别立作法。先之以劝饮,再申以莫厌丝管,丝管虽繁杂,固足以娱此浮生,扫此别愁者也,于情可谓深矣。末句提出主旨,自述身世,虽登台阁,能复几度,意者此词为罢相后留守南京时作。晏虽雅士达人,于留守外官之职犹不能无所慊然,故不免寄慨云尔。此词全用跳脱之笔,句句就侧面立言,正反相衬,以见沉痛之切,直说三台,不嫌其俗,则晏诚居是官,所谓真则质,质则不伤于庸,不伤于俗,非矫揉者所可比矣。(《〈珠玉词〉选评》,见《词学》)

采桑子①

时光只解催人老②,不信多情③,长恨离亭④,泪滴春衫酒易醒⑤。　　梧桐昨夜西风急,淡月胧明⑥。好梦频惊,何处高楼雁一声。

注释

① 这首词表现相思离别之情。

② 解:知道。

③ 不信:不理解。

④ 离亭:古代建于离城稍远的道旁供人歇息的亭子。古人往往于此送别。

⑤ 春衫:春季穿的衣服。

⑥ 胧明:微明。

辑评

  赵尊岳曰:此词独惊秋梦,寄慨遥深,然用笔灵活,肆应开展,极其能事,其于梦中所接,则述离亭;于梦后所闻,则迷雁声,前后均以梦为枢纽,而梦之所以醒者,则由于梦中之泪滴春衫,层次可谓分明,说理可谓详尽。然信笔直书,毫不见诘曲勾勒之迹,此即所谓浑成矣。梦酒而醒,醒而闻雁,此瞬息间事,感则有之,又何有于时光之催人耶?作者心细于发,笔妙如云,只轻轻于梦中用"春衫"二字,以见所梦者,为春日事,而今梦醒,则为秋雨梧桐,相去已两季节,乃匆匆现于一梦,瞬息之中,是岂非时光之催人乎?借梦中之春,与梦醒之秋,说明时光之催人,是真敏于构思属事,较之明说者,远胜百倍。最后以何处雁声作结,事外远致,别具遥思,是善于言情者。点出"高楼"二字,境界既高,情更凄厉,柳耆卿"关河冷落,残照当楼",盖即由此化出。晏虽只作小令,然所以开词法者,固已多矣。(《〈珠玉词〉选评》,见《词学》)

采桑子①

阳和二月芳菲遍②,暖景溶溶③。戏蝶游蜂,深入千花粉艳中。　　何人解系天边日④,占取春风。免使繁红⑤,一片西飞一片东。

注释

① 这首词表现词人对于春光流逝的感伤。
② 阳和:春天的暖气。芳菲:指香花芳草。
③ 景:日光。溶溶:和暖。苏轼《哨遍》词:"初雨歇,洗出碧罗天,正溶溶养花天气。"
④ "何人"句:意谓设法挽留住时光。
⑤ 繁红:繁花。

喜迁莺①

花不尽,柳无穷,应与我情同。觥船一棹百分空②,何处不相逢。　　朱弦悄③,知音少,天若有情应老④。劝君看取利名场⑤,今古梦茫茫。

喜迁莺（花不尽）

注释

① 在岁月的流逝中,富贵繁华如同黄粱一梦。
② "觥(gōng)船"句:化用杜牧《题禅院》:"觥船一棹百分空,十岁青春不负公。"觥船,大酒杯。一棹,一划。此处指将酒一饮而尽。棹,船桨。
③ 朱弦:红色的琴弦。
④ "天若"句:化用李贺《金铜仙人辞汉歌》:"衰兰送客咸阳道,天若有情天亦老。"
⑤ 利名场:争名逐利之所。

辑评

　　王直方曰:唐张子容作《巫山》诗云:"巫岭岧峣天际重,佳期夙昔愿相从。朝云暮雨连天暗,神女知在第几峰。"近时晏叔原作乐府云:"凭君问取归云信,今在巫山第几峰。"最为人所称,恐出于子容。(《王直方诗话》,见《诗话总龟》)

撼庭秋①

　　别来音信千里,怅此情难寄。碧纱秋月②,梧桐夜雨,几回无寐③。　　楼高目断④,天遥云黯,只堪憔悴。念兰堂红烛,心长焰短,向人垂泪⑤。

注释

① 这首词抒写相思怀远之情。
② 碧纱:即碧纱橱。绿纱编制的蚊帐。
③ 无寐:不能入睡。
④ 目断:望尽,极目力所及。
⑤ "念兰堂"三句:化用杜牧《赠别二首》之二:"蜡烛有心还惜别,替人垂泪到天明。"兰堂,厅堂之美称。

辑评

赵尊岳曰:此词以"恨此情难寄"为言,凡全词前后均由是阐发,描绘极其难寄之致,诚有绘水绘风之妙。起拍于"此情难寄"前,先述其难寄之由,则以别远思深引起之,虽只六字,已尽回环,抑且沉郁,晏词于小境界中辟大天地,其最擅长处,学者不可不于此求之。下文则以难寄此情而述及其景、其时,景则"碧纱"、"梧桐",时则"秋月"、"夜雨"。夫月与雨判然两事,而秋夜之乍雨乍晴,增人闷损,更不待言,故兼述之,俾于错综之间益深牢愁之致。然后结到"无寐",尤更必宛转以出之,曰"几回"者,则以强图小睡,忽又无眠,辗转反侧,庶使情更深窈。以"无寐"为过拍,以"目断"为换头,二者似断却连,信乎其为水穷云起之笔,继之以"天遥"、"云暗"者,正以天遥呼应千里,云暗兼及夜雨,一字不肯轻放也。继用"兰堂红烛",虽是愁悴之作,仍具富贵气象,非寒素之篝灯如豆者可得而比,以"向人垂泪"作结,又却关合"此情难寄"。凡作小令,不可以文简而失其理脉。晏最工此,允为百世不祧之祖。(《〈珠玉词〉选评》,见《词学》)

少年游①

重阳过后,西风渐紧,庭树叶纷纷②。朱阑向晓③,芙蓉妖艳④,特地斗芳新。　　霜前月下,斜红淡蕊,明媚欲回春。莫将琼萼等闲分⑤,留赠意中人。

注释

① 这首词描写严霜中的木芙蓉,寄寓着对坚贞爱情的赞许之情。
② "重阳"三句:说明时已深秋。
③ 向晓:拂晓。
④ 芙蓉:木莲,即木芙蓉。
⑤ 琼萼:玉制的花萼。为妇女首饰之一。等闲:随便,轻易。

酒泉子[1]

三月暖风,开却好花无限了[2]。当年丛下落纷纷。最愁人。　长安多少利名身[3]。若有一杯香桂酒[4],莫辞花下醉芳茵[5],且留春。

注释

① 这首词在惜春留春之际,表露出词人不慕荣利的高洁情怀。
② "开却"句:谓数不清的美丽花朵齐都开放。
③ 长安:唐代京城。此处借指宋代京都汴京。利名身:追求名利之身。
④ 桂酒:用玉桂浸制的美酒。泛指美酒。
⑤ 芳茵:茂美的草地。

木兰花[1]

燕鸿过后莺归去[2],细算浮生千万绪[3]。长于春梦几多时,散似秋云无觅处[4]。　闻琴解佩神仙侣[5],挽断罗衣留不住[6]。劝君莫做独醒人[7],烂醉花间应有数[8]。

注释

① 此词似为一离去女子而作。以燕雁之来去寓示时间的流逝,聚散无常、春梦易醒,惟有借酒浇愁,自作宽慰而已。

② "燕鸿"句:以飞鸟的来去暗示春去秋来、光阴流逝。燕、鸿都是候鸟,每年春天由南方飞往北方,秋冬由北方飞往南方。

③ 浮生:人生在世,虚浮不定,故称人生为"浮生"。

④ "长于"二句:化用白居易《花非花》诗:"来如春梦几多时,去似朝云无觅处。"

⑤ 闻琴:据《史记·司马相如列传》载,司马相如至富人卓王孙家饮酒。卓王孙之女卓文君新寡,好音乐,窃自户窥相如。相如乃抚琴表意,文君夜奔相如。解佩:据刘向《列仙传·江妃二女》载,江妃二女出游于江汉之湄,遇郑交甫。见而悦之,遂解佩相赠。神仙侣:指般配的爱侣。

⑥ 罗衣:轻软丝织品制成的衣服。

⑦ 独醒人:语出《楚辞·渔夫》:"举世皆浊我独清,众人皆醉我独醒。"

⑧ 有数:意谓次数不多。

木兰花①

池塘水绿风微暖,记得玉真初见面②。重头歌韵响铮琮③,入破舞腰红乱旋④。　　玉钩阑下香阶畔⑤,醉后不知斜日晚。当时共我赏花人,点检如今无一半⑥。

注释

① 这首词回忆昔日旧游,岁月不居、物是人非的境况让人无限感慨。
② 玉真:仙女名,此指美人。
③ 重头:词前后阕的节拍完全相同,这种词称为重头。铮琮(zhēngcóng):象声词,玉器相击声。
④ 入破:唐宋大曲专用名,指大曲中的一个音乐阶段。大曲演奏至入破时,曲调会由慢转快。
⑤ 玉钩阑:钩阑的美称。钩阑,弯曲如钩的栏杆。香阶:台阶的美称。
⑥ 点检:检查、验看。

辑评

俞陛云曰:极美满之风光,事后回思,都成陈迹。元献生当盛世,雍容台阁,而重醉花前,尚有旧人零落之感。若生逢叔季,衣冠第宅转眼都非,宁止何戡感旧耶?(《唐五代两宋词选释》)

木兰花[1]

玉楼朱阁横金锁,寒食清明春欲破[2]。窗间斜月两眉愁,帘外落花双泪堕[3]。　　朝云聚散真无那[4],百岁相看能几个[5]。别来将为不牵情[6],万转千回思想过。

注释

[1] 这首词抒写情人离散后的伤感情怀。
[2] 寒食:节日名,在清明前一或二日。破:过去。
[3] "窗间"二句:意谓女子满怀离愁,伤心落泪。窗外的细月有如其双眉,帘外的落花恰似其泪珠。
[4] "朝云"句:意在感叹男女欢爱之事,倏忽难料、聚散无常。宋玉《高唐赋序》:"昔者楚襄王与宋玉游于云梦之台,望高唐之观,其上独有云气……王问玉曰:'此何气也?'玉对曰:'所谓朝云者也。'王曰:'何谓朝云?'玉曰:'昔者先王尝游高唐,怠而昼寝,梦见一妇人曰:妾巫山之女也,为高唐之客,闻君游高唐,愿荐枕席。王因幸之。去而辞曰:妾在巫山之阳,高丘之岨,旦为朝云,暮为行雨。朝朝暮暮,阳台之下。'"无那(nuò),无奈。
[5] 相看:犹言相守。
[6] 别来:离别以来。将为:犹言以为。

木兰花①

朱帘半下香销印②,二月东风催柳信③。琵琶旁畔且寻思,鹦鹉前头休借问④。　　惊鸿去后生离恨⑤,红日长时添酒困⑥。未知心在阿谁边⑦,满眼泪珠言不尽。

注释

① 这首词表现一位歌女无所寄托的愁苦之情。
② 香销印:谓香上的印记燃烧尽了,说明时间已晚。古人在香条上刻有标记,根据燃烧的长短计算时间。香印即指香炷上的印记。
③ "二月"句:意谓二月的东风是柳树发芽的讯息。
④ "琵琶"二句:表明自己心事重重,却又不可告人。
⑤ 惊鸿:鸿雁。
⑥ 酒困:饮酒过多,神志迷乱。
⑦ 阿谁:犹言谁,何人。

诉衷情①

芙蓉金菊斗馨香②,天气欲重阳③。远村秋色如画,红树间疏黄④。　　流水淡,碧天长,路茫茫。凭高目断⑤,鸿雁来时,无限思量⑥。

注释

① 这首词描写秋日景色以及词人在登高之际的无限思量。
② 芙蓉:木芙蓉,又名木莲。秋季开花,花大有柄,色有红白,晚上变深红。金菊:黄色的菊花。斗:相对。
③ 天气:气候。重阳:节日名,农历九月九日。
④ 红树:指枫树、乌桕等树木,这类树到了秋季叶色会变红。疏黄:秋天稀疏发黄的树叶。
⑤ 凭高:登临高处。目断:望尽,极目力所及。
⑥ 思量:相思。

辑评

赵尊岳曰:此写秋景之词,题材似极浅近,然作结仍极精严,非浅人所易着笔。北宋词以抒情为主,然非有景物,不足衬出情绪,故往往情景兼写,惟其时尚少以情景虚实杂糅间用者,故又辄于前阕写景,后阕写情……惟其前阕写景,后阕写情,呼应之际自尤重于过变,必假过变,以由景入情,方无斧凿痕迹。即后来张玉田《词源》所举之所本。今治词者人人知水穷云起之说,然其所以穷,所以起者,多不易言,若以此首验之,则按图正不难索骥。此首前阕写景,曰"欲重阳",曰"如画",已极生动之致,后阕深写盼书之情,以"莫费思量",结出本旨,其过变之妙,即在"流水"、"碧天"转景入情,盖"流水"、"碧天",就实物言,固属景色,就情绪言,则饶有情意,足为"鸿雁"之先容。则由景之水天,度入致书之鸿雁,宁非过变有法。于"鸿雁来时"前,先以"路茫茫",一收一放,无垂不缩,正是沉郁之笔。(《〈珠玉词〉选评》,见《词学》)

踏莎行①

细草愁烟,幽花怯露②,凭阑总是销魂处③。日高深院静无人,时时海燕双飞去。　　带缓罗衣,香残蕙炷④,天长不禁迢迢路⑤。垂杨只解惹春风,何曾系得行人住⑥。

注释

① 这首词表现春日闺怨。
② "细草"二句:在伤心人眼中花草亦有愁绪,故称"愁烟"、"怯露"。
③ 凭阑:身倚栏杆。销魂:形容极其哀愁。
④ "带缓"二句:此乃倒装句,实为罗衣带缓,蕙炷香残。带缓,

踏莎行（细草愁烟）

衣带变宽,形容人之消瘦。罗衣,轻软丝织品制成的衣服。蕙炷,指香。

⑤"天长"句:意谓道路比天更长。禁,止。

⑥"垂杨"二句:埋怨杨柳不能系留出行的人。只解,只知道。行人,出行的人。

辑评

李调元曰:晏殊《珠玉词》极流丽,能以翻用成语见长。如"垂杨只解惹春风,何曾系得行人住",又"春风不解禁杨花,蒙蒙乱扑行人面"等句是也。翻覆用之,各尽其致。(《雨村词话》)

赵尊岳曰:此词由眼前之秋景,追忆残春之欢悰,感慨甚深,句意至韵,而用笔质朴。前阕以"总是销魂处"领起,下文销魂盖无可奈何,悯然欲绝之谓也。偏于其时,又见"海燕双飞",因而忆远,承转毫不费力。且"细草幽花",为静景,"海燕双飞"为动景,静景已极销魂,继再申之以动景,宁不更加深入。其运用沉郁之思者,庶尽其能事矣。后阕以"海燕双飞"为呼,以"迢迢路"为应,即此呼应之间,敷陈旧事,前为欢娱时际之"带暖罗衣",后为伤离时节之"香残蕙炷",虽只八字,已备悲欢离合之情事,可谓简而有致,尤其穿插于"海燕"与"迢迢路"二句间,不见斧凿之迹,笔力足以包举有余,洵为杰构,足资来学之矩范。歇拍别立新义,以托出词意,归之于销魂,是又一呼应也。回环枢轴,借景于"垂杨",垂杨似与前文无涉,然就垂杨以言,只系春风,不能系人,是

正足为伤离之事证,垂杨之与前文无涉者,至是遂相涉及,其勾连之巧,借喻之精,有如此者。(《〈珠玉词〉选评》,见《词学》)

踏莎行①

祖席离歌②,长亭别宴③,香尘已隔犹回面④。居人匹马映林嘶⑤,行人去棹依波转⑥。　　画阁魂消⑦,高楼目断⑧,斜阳只送平波远。无穷无尽是离愁,天涯地角寻思遍⑨。

注释

① 这首词上片写离别伤情,下片写别后相思。

② 祖席:饯行时所设的酒席。古代出行时祭祀路神称"祖"。

③ 长亭:古时于道路每隔十里设长亭,供行旅停息。近城者常为送别之处。

④ 香尘:带有花香的尘土。回面:回顾。

⑤ 居人:指留在家里的人。

⑥ 行人:出行的人。相对前句的"居人"而言。去棹:离去的船。棹,船桨,此处指代船。

⑦ 画阁:彩绘华丽的楼阁。魂消:即销魂,形容极其哀愁。

⑧ 目断：望尽，极目力所及。
⑨ 寻思：思索，考虑。

辑评

王世贞曰："斜阳只送平波远"，又"春来依旧生芳草"，淡语之有致者也。(《艺苑卮言》)

赵尊岳曰：此离别之词，前人每以行者为言，少及居者，此作乃并举居者、行者兼言之，各系一言叙事，而情味隽永。以开门见山为作法，然不写歌酒筵宴间事，纯以景物衬托别情，胥出以珍重流连之致。"香尘"句，不特引起下文之"匹马"，且用迂回之笔，曰虽"隔犹回面"，则惜别之意已显然矣。推此别宴，当设帐饮于津亭者，方宾主同去之时，自不只匹马，迨行人解缆，居人独归，即就匹马为言，以见居者之索然寡俦。其曰"映林嘶"者，马见棹远，独行无偶，似亦远瞩生情。夫马之情如彼，则人之情不言更可喻解，其为深入，为细写之妙，尤在能以朴笔曲传其趣，不用虚字为助词，便人一见即悟，因知凡多用助词者，转促人于柔、茌一途耳。后阕就居者返归后之所见，引入所思，再以秃笔作结语，歇拍之"寻思遍"，语虽秃，而情不尽，此即令词之长处。以"目断"呼应"去棹"，以"魂销"唤起"寻思"，上下衔接之密，似无意而实有意，盖作法之极工者。(《〈珠玉词〉选评》，见《词学》)

唐圭璋曰：此首为送行之作，足抵一篇《别赋》。起两句言饯别。"香尘"句言别去，香尘已隔，而犹回面，极见缱绻不忍之意。"居人"两句，一写去者，一写送者，两两对照，情景如见。换头一气蝉联,因行舟已依波转,故必登楼望之。但转瞬更远,即登楼望之,亦不得见,只余斜阳映波,徒教人目断魂销也。"无穷"两句,说出人虽不见,而心则随人俱远,无时或已。通体自送别至别后,以次描摹,历历如画。(《唐宋词简释》)

踏莎行①

碧海无波,瑶台有路②,思量便合双飞去③。当时轻别意中人,山长水远知何处。　绮席凝尘④,香闺掩雾⑤,红笺小字凭谁附⑥。高楼目尽欲黄昏,梧桐叶上萧萧雨。

注释

① 这是一首闺怨之作。
② 瑶台:传说中的神仙居处。
③ 思量:考虑。合:应该。
④ 绮席:华丽的席具。
⑤ "香闺"句:言香闺为尘雾所掩。香闺,指青年女子的内室。
⑥ 红笺:供题咏或书信之用的小幅红色纸张,此处指代书信。凭:仗,请。附:捎带。

辑评

陈廷焯曰：起二句妙，是凭空结撰。(《词则·闲情集》)

赵尊岳曰：此词似承前作(即"祖席离歌"一阕——引者)为之继，申惜别之情，且具寄书之事，又及于"绮席凝尘"，则其为祖饯离筵之迹乎。词贵回旋，斯有风度。今作追忆离筵之词，乃先之以别后之情，由"碧海"、"瑶台"入手，再一转，始云"当时轻别意中人"，有意前后易位，即于体制中特见生色。所谓"凝尘"，所谓"掩雾"，是别后之景之情也，因别情之深而作书，此深入一层也。继称"凭谁附"，则情不得达，又深一层，亦即沉郁之笔也。且用此三字以呼应前文之"知何处"，尤见一字不苟，理脉井然。结句以无可消遣，遣之"叶上潇潇雨"，悠然意远，牵情惹恨，不言自喻。(《〈珠玉词〉选评》，见《词学》)

踏莎行①

小径红稀②，芳郊绿遍③，高台树色阴阴见④。春风不解禁杨花⑤，蒙蒙乱扑行人面⑥。　　翠叶藏莺，朱帘隔燕，炉香静逐游丝转⑦。一场愁梦酒醒时，斜阳却照深深院⑧。

注释

① 这首词描写暮春景象。

② 红:指花。

③ 芳郊:花草丛生之郊野。绿:指枝叶。

④ 阴阴见(xiàn):暗暗显现出来。见,通"现"。

⑤ 不解:不懂。

⑥ 蒙蒙:纷杂的样子。

⑦ "炉香"句:化用杜甫《宣政殿退朝晚出左掖》诗:"宫草微微承委佩,炉烟细细驻游丝。"游丝,指缭绕的炉烟。

⑧ 却:正。

辑评

沈谦曰:"夕阳如有意,偏傍小窗明。"不若晏同叔"一场愁梦酒醒时,斜阳却照深深院"更自神到。(《填词杂说》)

李调元曰:晏殊《珠玉词》极流丽,能以翻用成语见长。如"垂杨只解惹春风,何曾系得行人住",又:"春风不解禁杨花,蒙蒙乱扑行人面"等句是也。翻覆用之,各尽其致。(《雨村词话》)

张惠言曰:此词亦有所兴,其欧公《蝶恋花》之流乎!(《词选》)

黄苏曰:首三句言花稀而叶盛,喻君子少而小人多也。"高台"指帝阁。"东风"二句,言小人如杨花之轻薄,易动摇君心也。"翠叶"二句,喻事多阻隔。"炉香"句,喻己心之郁纡也。"斜阳

却照深深院",言不明之日,难照此渊也。臣心与闺意双关,写去细思,自得之耳。(《蓼园词选》)

俞陛云曰:此词或有白氏讽谏之意。杨花乱扑,喻谗人之高张;燕隔莺藏,喻堂帘之远隔,宜结句之日暮兴嗟也。(《唐五代两宋词选释》)

唐圭璋曰:此首通体写景,但于景中见情。上片写出游时郊外之景,下片写归来后院落之景。心绪不宁,故出入都无兴致。起句,写郊景红稀绿遍,已是春事阑珊光景。"春风"句,似怨似嘲,将物做人看,最空灵有味。"翠叶"三句,写院落之寂寞。"炉香"句,写物态细极静极。"一场"两句,写到酒醒以后景象,浑如梦寐,妙不着实字,而闲愁可思。(《唐宋词简释》)

雨中花①

剪翠妆红欲就②,折得清香满袖③。一对鸳鸯眠未足,叶下长相守。　　莫傍细条寻嫩藕,怕绿刺、罥衣伤手④。可惜许、月明风露好⑤,恰在人归后。

注释

① 这首词表现采莲女子的内心情愁。

② "剪翠"句：剪出翠绿的荷叶，妆成浅红的莲花。欲就，已经长成。
③ 清香：清淡的香味。
④ 罥(juàn)：牵，挂。
⑤ 可惜许：可惜。许，语助词。

辑评

赵尊岳曰：此采莲词也。采莲词自六朝以来，作者甚多，所述多景物之美，姿容之艳，采撷之妙，乃至于采莲女之情思，大都自正面入手。晏此作别辟蹊径，独自旁观立言，于是一切不犯及正面，其才思遂高人一等，可为后人于旧题立新意之师法。其叙本事也，只起拍二句。"剪翠"、"妆红"二字，为花为人，含二者而一之。词字双关，尤极巧思。其于莲花，以首句已用"红翠"字面，则改以"清香"为言，殊见高致。下接鸳鸯相守，似为写景，实亦寄情，正如以"关关雎鸠"、"桃之夭夭"之喻淑女君子，所谓兴而非比，六义早已用之。今袭神改貌，益见生色。词中用比者多，用兴者少，盖用兴较难，不但需深于工力，尤必敏于才思者，始能有触而悟耳。词以忠厚为主，而词中不易见忠厚之音。换头恐"罥衣伤手"，则忠厚之音，亦以告采莲女之当自谨饬，应防微而杜渐也，此非宅心纯、见事多、情感深者，不能出之也。歇拍饶见感慨，以寓作者之意。此词或在留守南京，已出枢府时作耶？不及政治，自见身份。非任宰执，谁克出之。（《〈珠玉词〉选评》，见《词学》）

蝶恋花①

南雁依稀回侧阵②,雪霁墙阴,偏觉兰芽嫩③。中夜梦余消酒困,炉香卷穗灯生晕④。 急景流年都一瞬⑤,往事前欢,未免萦方寸⑥。腊后花期知渐近⑦,寒梅已作东风信。

注释

① 这首词表现冬余春初之际的幽微情思。
② 南雁:南飞之雁。依稀:仿佛,隐约。侧阵:雁群排列成阵而飞,故称雁阵。鸿雁斜飞,故云侧阵。
③ 偏觉:最觉。
④ 穗:灯花。
⑤ 急景:急驰的日光。亦指急促的时光。
⑥ 萦:缠绕,牵挂。方寸:心,心头。
⑦ 腊后:腊日之后。古时以夏历十二月八日为岁终祭祀百神之日,称之腊日。

蝶恋花①

帘幕风轻双语燕,午醉醒来,柳絮飞缭乱②。心事一春犹未见,余花落尽青苔院。　　百尺朱楼闲倚遍③,薄雨浓云,抵死遮人面④。消息未知归早晚,斜阳只送平波远⑤。

注释

① 这首词描写暮春景致,抒发相思离怨。
② 缭乱:纷乱。
③ 朱楼:谓富丽华美的楼阁。
④ 抵死:老是,总是。
⑤ 平波:平缓而广漠的水流。

辑评

　　王世贞曰:"斜阳只送平波远",又"春来依旧生芳草",淡语之有致者也。(《艺苑卮言》)

　　卓人月曰:末句与"斜阳却照深深院"、"斜阳只与黄昏近",各有佳境。(《古今词统》)

　　俞陛云曰:此词殆有寄慨,非作月露泛辞。"心事"二句有"怅未立乎修名"、"老冉冉其将至"之感。下阕"雨云"二句意谓经国远谟,乃横生艰阻。"消息"、"斜阳"二句谓他日成败,非所逆睹,而在图安旦夕观之,则斜日远波,固一派清平气象也。韩魏公咏雪诗"老松擎重玉龙寒",隐然以天下为己任。公之词,其亦有忧盛危明之意乎?(《唐五代两宋词选释》)

菩萨蛮[1]

高梧叶下秋光晚,珍丛化出黄金盏[2]。还似去年时,傍阑三两枝[3]。　　人情须耐久,花面长依旧[4]。莫学蜜蜂儿,等闲悠飏飞[5]。

注释

[1] 这首词旨在告诫人们对待爱情应该忠贞,不能喜新厌旧、朝三暮四。

[2] "高梧"二句:意谓在桐叶飘零的深秋,菊花依然盛开。珍丛,花草丛。黄金盏,形如酒盏的金黄色菊花。

[3] 阑:栏。

[4] "人情"二句:意谓人的感情应该持久,菊花凌寒盛开依旧。

[5] 等闲:随便,轻易。悠飏:即悠扬,飘忽不定的样子。

辑评

赵尊岳曰:此为寻常感怅,出于信口,不待刻意经心而自成佳作者。自唐以来,歌筵酒座,无不唱词以侑觞,所唱多属小令《菩萨蛮》、《浣溪沙》等,更为尽人皆知之乐调……晏此首亦份当筵立撰,故用极凡浅之句语,申人人共有之情思,且并用蜜蜂儿等俚语助字,于全集中殊属别裁。当筵撰词,文字虽取显易顺适,惟作法仍不能疏略。名家吐属不凡,即援笔立就,亦自有理脉之可寻,盖熟极而流,固不待劳心焦思以为之。此词主旨在"人情须耐久"五字上,惟以时值秋令,即就节物说起,而以"还似去年时"句引起下文"耐久",由物及情,情于是益深,此在六义,即兴而比也。下以"花面"句说明"耐久",再自反面立言,借蜜蜂以戒人,念义明豁,理脉秩然。学小令者,应知数十字间起承转合,不可少忽。(《〈珠玉词〉选评》,见《词学》)

相思儿令[①]

昨日探春消息[②],湖上绿波平。无奈绕堤芳草,还向旧痕生。　　有酒且醉瑶觥[③],更何妨、檀板新声[④]。谁教杨柳千丝,就中牵系人情[⑤]。

注释

① 这首词从春日出游写到酒席歌筵,流露出感旧怀伤的情绪。
② 探春消息:指早春郊游。
③ 瑶觥(gōng):玉制的酒杯。
④ 檀板:檀木的拍板,演奏音乐时用于打节拍。新声:新作的乐曲。
⑤ 就中:其中。人情:人的感情。

辑评

卓人月曰:春来依旧生芳草,何其逼真。(《古今词统》)

山亭柳

赠歌者①

家住西秦②,赌博艺随身③。花柳上、斗尖新④。偶学念奴声调⑤,有时高遏行云⑥。蜀锦缠头无数⑦,不负辛勤。　数年来往咸京道⑧,残杯冷炙谩销魂⑨。衷肠事、托何人⑩。若有知音见采⑪,不辞遍唱阳春⑫。一曲当筵落泪,重掩罗巾⑬。

注释

① 这首词是词人在听歌女演唱之后的有感之作。一般而言,晏殊词所反映的生活面是比较狭窄的,此词的题材、格调在《珠玉词》中可谓与众不同。
② 西秦:指关中陕西一带秦之旧地。
③ "赌博"句:意谓依靠随身的赌博技艺谋生。赌博,古代一种掷采较胜负的游戏。
④ 花柳:指繁华游乐之地。斗:比,竞赛。尖新:新颖别致。

⑤ 念奴：唐玄宗天宝年间的著名歌女。
⑥ 高遏(è)行云：形容声调高亢嘹亮，能阻止天上的流云。遏，阻止。
⑦ 蜀锦：蜀地出产的彩锦。缠头：古代歌舞艺人表演完毕，客人赠送的罗锦，称为"缠头"。
⑧ 咸京：秦都咸阳，在今西安市西北。
⑨ 残杯冷炙：即残羹剩饭。谩(màn)：徒然。销魂：形容极其哀愁的样子。
⑩ 衷肠事：指心事。
⑪ 见采：被采纳，被欣赏。见，犹被。
⑫ 阳春：古歌曲名。是一种高雅难学的曲子。
⑬ 罗巾：丝制手巾。

破阵子

春　景①

燕子来时新社②，梨花落后清明。池上碧苔三四点，叶底黄鹂一两声。日长飞絮轻③。　　巧笑东邻女伴④，采桑径里逢迎⑤。疑怪昨宵春梦好⑥，元是今朝斗草赢⑦。笑从双脸生。

破阵子(燕子来时新社)

注释

① 这首词描写春日的农家生活。

② 新社:即春社。旧时祭祀土地神以祈丰收,时间在立春后的第五个戊日。

③ 飞絮:飘飞的柳絮。

④ 巧笑:美好的笑。

⑤ 逢迎:对面相逢。

⑥ 疑怪:难怪。

⑦ 元:原来。斗草:即斗百草,古代的一种游戏,大家竞采花草,比多寡优劣。《荆楚岁时记》:"五月五日,四民并踏百草。又有斗百草之戏。"

辑评

卓人月曰:小倩香奁中笔。(《古今词统》)

许昂霄曰:"疑怪昨宵春梦好"三句,如闻香口,如见冶容。(《词综偶评》)

陈廷焯曰:风神婉约。(《词则·闲情集》)

刘永济曰:此乃纯用旁观者之言描写春日游女戏乐之情景,因见游女斗草得胜之笑,而代写其心情。言今朝斗草得胜,乃昨宵好梦之验,可谓能深入人物之内心者。此种词虽无寄托,而描绘人情物态极其新鲜生动,使读者如亲见其人、其事,而与作者同感其乐,单就艺术性说来,亦有可采之处也。(《唐五代两宋词简析》)

破阵子[1]

海上蟠桃易熟[2],人间好月长圆。惟有擘钗分钿侣[3],离别常多会面难。此情须问天。　　蜡烛到明垂泪[4],熏炉尽日生烟。一点凄凉愁绝意,谩道秦筝有剩弦[5]。何曾为细传。

注释

[1] 这首词表现情人离别之苦。
[2] 蟠桃:神话中的仙桃。
[3] 擘(bò)钗分钿(diàn)侣:情人分别时往往将金钗和钿盒分开,各执一半以为信物。金钗钿盒是传说中唐玄宗与杨贵妃定情的信物。擘,分开。钗,妇女用来绾住头发的首饰,由两股簪子交叉组合而成。钿,钿盒,镶嵌金、银、玉、贝的首饰盒子。
[4] "蜡烛"句:化用杜牧《赠别二首》之二:"蜡烛有心还惜别,替人垂泪到天明。"
[5] 谩:空,徒然。秦筝:古代一种弦乐器,相传为秦人蒙恬所造。此处用作弦乐器的代称。剩弦:余弦。

破阵子①

忆得去年今日,黄花已满东篱②。曾与玉人临小槛③,共折香英泛酒卮④。长条插鬓垂⑤。　　人貌不应迁换,珍丛又睹芳菲⑥。重把一尊寻旧径,所惜光阴去似飞⑦。风飘露冷时。

注释

① 这首词的主题是追忆旧情,抒写相思。
② 黄花:指菊花。
③ 玉人:容貌美丽的人,指美女。槛:指防护花木的栅栏。
④ 香英泛酒卮(zhī):把菊花浸在酒中。香英,即香花,此处指菊花。酒卮,盛酒的器皿。
⑤ 鬓垂:指鬓角。
⑥ 珍丛:美丽的花丛。芳菲:指香花芳草。
⑦ 惜:可惜,哀伤。

玉楼春①

绿杨芳草长亭路,年少抛人容易去。楼头残梦五更钟,花底离情三月雨。　　无情不似多情苦,一寸还成千万缕②。天涯地角有穷时③,只有相思无尽处。

注释

① 这首词抒写相思多情,直吐胸臆而又耐人寻味。
② "一寸"句:化用韦庄《应天长》词:"别来半岁音书绝,一寸离肠千万结。"一寸,指心。古人谓心为方寸之地。
③ 穷:尽。

辑评

范元实曰:晏叔原见蒲传正云:"先公平日小词虽多,未尝作妇人语也。"传正曰:"绿杨芳草长亭路,年少抛人容易去,岂非妇人语乎?"晏曰:"公谓'少年'为何语?"传正曰:"岂不谓其所欢乎?"晏曰:"因公之言,遂晓乐天诗两句,盖'欲留所欢待富贵,富贵不来所欢去。'"传正笑而悟。余按全篇云云,盖真谓"所欢"者,与乐天"欲留年少待富贵,富贵不来年少去"之句不同,叔原之言失之。(《诗眼》,见《宾退录》)

李攀龙曰:春景春情,句句逼真,当压倒白玉楼矣。(《草堂诗余隽》)

陈廷焯曰:晏元献之"楼头残梦五更钟,花底离情三月雨"……均不失为风流酸楚。(《白雨斋词话》)　　又曰:凄艳。低回反

复,言有尽而意无穷。(《词则·闲情集》)

唐圭璋曰:此首述相思之情。起句点春景。次句言人去。"楼头"两句,写人去后之处境,凄楚不堪,而缀语亦精炼无匹。下片,纯用白描,直抒胸臆,作意自后主"一片芳心千万绪,人间没个安排处"来。但觉忠厚之至,而无丝毫怨怼。(《唐宋词简释》)

临江仙[①]

资善堂中三十载[②],旧人多是凋零。与君相见最伤情。一尊如旧,聊且话平生。　　此别要知须强饮,雪残风细长亭。待君归觐九重城[③]。帝宸思旧[④],朝夕奉皇明。

注释

[①] 这首词抒写故友重逢,旋即又将离别的无奈感受。
[②] 资善堂:宋仁宗赵祯为皇太子时读书讲学及习政事之所。
[③] 归觐(jìn):谓归谒君王父母。九重城:指京城。
[④] 帝宸(chén):皇帝的宫殿,代指皇帝。

辑评

郑骞曰:大晏《临江仙》云:"资善堂中三十载……"小晏《临江仙》云:"东野亡来无丽句……"此两词,予初读二晏词时即甚喜之,惜后半首皆少逊耳。两词不仅牌调相同,情感意境亦同;论其风调,则前者雍容,后者潇洒,父子身份性情之异,亦可于此中见之。(《成府谈词》,见《词学》)

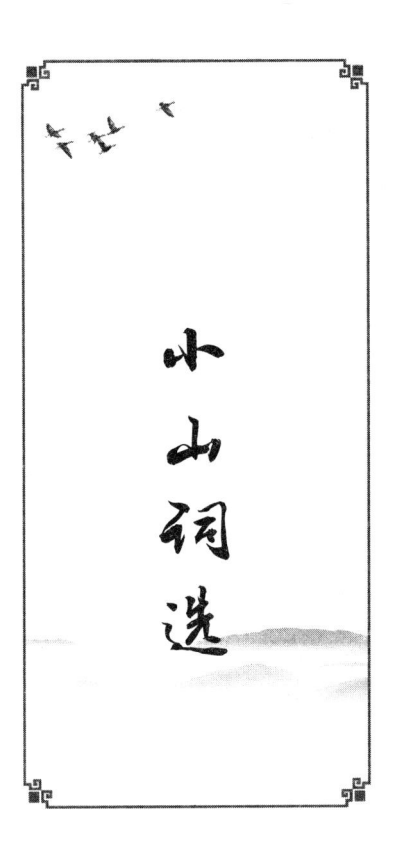

小山词选

临江仙①

梦后楼台高锁②,酒醒帘幕低垂。去年春恨却来时③。落花人独立,微雨燕双飞④。　记得小蘋初见⑤,两重心字罗衣⑥。琵琶弦上说相思。当时明月在,曾照彩云归。

注释

① 这首词乃追忆情人之作。开头两句写酒后梦醒时分的寂寞感受,由此而引发去年春天的伤别之情。"落花"二句将成双的燕子和孤单之人并举,运用对比手法,凸显自己的孤寂感受。下片主要回忆初见情人的印象和感受。
② 梦后:梦醒之后。
③ 春恨:春日的寂寞、惆怅。却来:再来,重来。
④ "落花"二句:用翁宏《春残》诗成句:"又是春残也,如何出翠帷?落花人独立,微雨燕双飞。"
⑤ 小蘋:词人朋友家的侍儿,是词人钟情的对象。
⑥ "两重"句:意谓罗衣上绣有重叠的心字形的图案。罗衣,轻软丝织品制成的衣服。

辑评

杨万里曰:近世词人,闲情之靡,如伯有所赋,赵武所不得闻

临江仙（梦后楼台高锁）

者,有过之无不及焉。是得为好色而不淫乎？惟晏叔原云:"落花人独立,微雨燕双飞",可谓好色而不淫矣。(《诚斋集》)

谭献曰:"落花"两句,名句千古,不能有二,所谓柔厚在此。(《复堂词话》)

陈廷焯曰:小山词,如"去年春恨却来时。落花人独立,微雨燕双飞"。又,"当时明月在,曾照彩云归"。既闲婉,又沉着,当时更无敌手。(《白雨斋词话》)

俞陛云曰:前二句抚今追昔,第三句融合言之,旧情未了,又惹新愁。"落花"二句,正春色恼人,紫燕犹解"双飞",而愁人翻成"独立"。论风韵如微风过箫,论词采如红蕖照水。下阕回忆相逢,"两重心字",欲诉无从,只能借凤尾檀槽,托相思于万一。结句谓彩云一散,谁复相怜,惟明月多情,曾照我相送五株仙佩,此恨绵绵,只堪独喻耳。(《唐五代两宋词选释》)

陈匪石曰:此小山词传诵之作,极深婉沉着之妙。寻绎词意,当系别后追忆。"小苹",歌姬之名。《小山词序》有莲、鸿、苹、云,皆人名。《木兰花》曰:"小苹若解愁春暮"是也。宋初小词每用歌姬名,东山、淮海以后,语惟求典,不复用矣。首两句"梦后"、"酒醒",是久别思量时候;"楼台高锁"、"帘幕低垂",是窥其室阒其无人之象:"春恨"之所由"来",已不胜凄咽。然人已久别,"恨"事当属去年,而无端又来心上。"去年"句,承上启下,确是神来之笔。"落花"二句,雅绝,韵绝,厚绝,深绝。"落花"、"微雨"是"春";"人独立"、"燕双飞",两两形容,不必言"恨",而"恨"已不可解;此谭献所以称为"千古名句,不能有二"也。过变追溯"初见","罗衣"述当时服饰。然今已不见,故"相思"之情只得就

"琵琶弦上""说"之,以琵琶惯弹别曲也。或"初见"时听弹琵琶,有"相思"之曲,为今所记得者:意亦彻上彻下也。然又不肯明说如何"相思",但指今之"明月"犹当时之"明月""曾照彩云归去"者而确认之,以虚笔收住,仍传"记得"之神。梦窗"黄蜂频扑秋千索"二句,用意略同。而着一"归"字,又缴回"梦后""酒醒"之意,欲言不言,耐人寻味。情语艳语,比如此乃深厚闲雅。盖尽情倾吐,古乐府固有之,而词不应尔。学令曲当知此诀。(《宋词举》)

唐圭璋曰:此首感旧怀人,精美绝伦。一起即写楼台高锁,帘幕低垂,其凄寂无人可知。而梦后酒醒,骤见此境,尤难为怀。盖昔日之歌舞豪华,一何欢乐,今则人去楼空,音尘断绝矣。即此两句,已似一篇《芜城赋》。"去年"一句,疏通上文,引起下文。"落花"两句,原为唐末翁宏之诗,妙在拈至此处,衬副得宜,且不明说春恨,而自以境界会意。落花、微雨,境极美;人独立,燕双飞,情极苦。此上片文字颇致密,换头,乃易之以疏淡。"记得"两句,忆去年人之服饰。"琵琶"一句,言苦忆无已,乃一寓之弦上。"当时"两句,则因见今时之月,想到当时之月,会照人归楼台,回应篇首,感喟无限。而出语之俊逸,更无敌手。(《唐宋词简释》)

临江仙①

斗草阶前初见②,穿针楼上曾逢③。罗裙香露玉钗风④。靓妆眉沁绿⑤,羞脸粉生红。　　流水便随春远,行云终与谁同⑥?酒醒长恨锦屏空⑦。相寻梦里路,飞雨落花中。

注释

① 此词上片描写初见丽人的美妙印象,下片表现分离后的怅惘情态。
② 斗草:参见晏殊《破阵子》(燕子来时新社)词注。
③ 穿针楼:即乞巧楼。旧时风俗,农历七月七日夜,妇女夜间结彩楼、穿七孔针向织女星乞求智巧。
④ 玉钗风:形容头上的玉钗迎风颤动。钗,妇女用来绾住头发的首饰,由两股簪子交叉组合而成。
⑤ 靓(jìng)妆:浓妆艳抹。沁:渗入、浸润。
⑥ 与谁同:和谁在一起。
⑦ 锦屏:用锦缎绷制而成的屏风,是一种精致华美的室内陈设。

临江仙①

淡水三年欢意②,危弦几夜离情③。晓霜红叶舞归程。客情今古道,秋梦短长亭④。　　渌酒尊前清泪⑤,阳关叠里离声⑥。少陵诗思旧才名⑦。云鸿相约处,烟雾九重城⑧。

注释

① 这首词主要表现情人别散后的相思之苦。
② 淡水:淡水之交的省称,指不以势利为基础的友情。
③ 危弦:急弦。乐器之弦紧,则其音高亢。
④ 短长亭:古时设在大道旁边的驿亭,供行人休息。十里一长亭,五里一短亭,故曰短长亭。庾信《哀江南赋》:"十里五里,长亭短亭。"
⑤ 渌(lù)酒:美酒。渌,同"醁"。
⑥ 阳关叠:古曲《阳关三叠》的省称。亦泛指离别时唱的歌曲。李商隐《饮席戏赠同舍》诗:"唱尽《阳关》无限叠,半杯松叶冻颇黎。"
⑦ 少陵:诗人杜甫常以"杜陵"表示其祖籍郡望,自号少陵野老,世称杜少陵。此处为作者自喻。
⑧ 九重:指天子所居之地,因王城之门有九道。

辑评

陈廷焯曰:"晓霜红叶舞归程。客情今古道,秋梦短长亭。"又,"少陵诗思旧才名。云鸿相约处,烟雾九重城。"亦复情词兼胜。(《白雨斋词话》)

临江仙①

旖旎仙花解语②,轻盈春柳能眠。玉楼深处绮窗前③。梦回芳草夜④,歌罢落梅天⑤。　沉水浓熏绣被⑥,流霞浅酌金船⑦。绿娇红小正堪怜⑧。莫如云易散,须似月频圆。

注释

① 这首词是对于缠绵佳会的思忆和永恒爱情的渴求。
② 旖旎(yǐnǐ):柔美的样子,形容花木繁茂风光秀美。仙花解语:赞美花朵,说其能解人言,把人的心意附会在花朵之上。
③ 绮窗:雕刻或绘饰得很精美的窗户。
④ 梦回:梦醒。芳草夜:指春夜。
⑤ 落梅天:指农历五月。
⑥ 沉水:即沉水香,香之一种,亦名沉香。
⑦ 流霞:用天空的云霞比喻美酒的颜色。金船:其形如船的金属酒杯。
⑧ 堪怜:可爱、值得怜惜的意思。

蝶恋花[1]

初捻霜纨生怅望[2],隔叶莺声,似学秦娥唱[3]。午睡醒来慵一饷[4],双纹翠簟铺寒浪[5]。　　雨罢蘋风吹碧涨[6],脉脉荷花[7],泪脸红相向。斜贴绿云新月上[8],弯环正是愁眉样[9]。

注释

① 这首词展现一位年轻女子的脉脉忧思。
② 捻(niǎn):用手指轻轻拿起。霜纨(wán):此指团扇,以白色细绢制成,洁白如霜,故称"霜纨"。怅望:惆怅、怨恨。
③ 秦娥:古代歌女,善歌。
④ 慵:懒。一饷:即一晌,短暂的时间。
⑤ 双纹翠簟(diàn):织有成双花纹的翠簟。簟,竹制凉席。寒浪:即指簟纹。竹席清凉,花纹起伏如浪,故称"寒浪"。
⑥ 蘋风:掠过蘋草的微风。宋玉《风赋》:"夫风生于地,起于青蘋之末。"蘋,植物名,也称四叶菜、田字草。生浅水中。
⑦ 脉脉:含情的样子。
⑧ "斜贴"句:意谓女子乌黑的秀发斜贴于鬓角,映衬着新月般的弯眉。绿云,喻指女子乌黑的秀发。新月,农历每月初出的弯形的月亮。此处喻指女子的弯眉。
⑨ 弯环:弯曲的圆环,此处喻指新月。愁眉样:愁眉的式样。愁眉,一种细而曲折的眉妆。

蝶恋花①

庭院碧苔红叶遍,金菊开时②,已近重阳宴③。日日露荷凋绿扇④,粉塘烟水澄如练⑤。　　试倚凉风醒酒面⑥,雁字来时⑦,恰向层楼见⑧。几点护霜云影转⑨,谁家芦管吹秋怨⑩?

注释

① 这首词表现秋日的愁绪。
② 金菊:黄色的菊花。
③ 重阳:节日名,农历九月九日。
④ 露荷:带有露珠荷花。绿扇:此指荷叶。
⑤ 粉塘:即荷塘,因荷花多粉红,故称"粉塘"。烟水:雾霭迷蒙的水面。澄如练:洁净如练。语出谢朓《晚登三山还望京邑》诗:"余霞散成绮,澄江静如练。"澄,清澈,洁净。练,白色丝绢。
⑥ 酒面:饮酒后的面色。
⑦ 雁字:成列而飞的雁群。群雁飞行时常排成"一"或"人"字,故称。白居易《江楼晚眺景物鲜奇吟玩成篇寄水部张员外》诗:"风翻白浪花千片,雁点青天字一行。"
⑧ 见:同"现",出现。
⑨ 护霜云:酝酿结霜之云。李嘉佑《冬夜饶州使堂饯相公五叔

赴歙州》诗:"斜汉初过斗,寒云正护霜。"
⑩ 芦管:即芦笳。古代的一种管乐器。以芦叶为管,管口有哨簧,管面有音孔,下端范铜为喇叭嘴状,吹时用指启闭音孔,以调音节。

辑评

陈廷焯曰:出语必雅。北宋艳词自以小山为冠。耆卿、少游,皆不及也。(《词则·闲情集》)

蝶恋花①

喜鹊桥成催凤驾②,天为欢迟③,乞与初凉夜④。乞巧双蛾加意画⑤,玉钩斜傍西南挂⑥。分钿擘钗凉叶下⑦,香袖凭肩⑧,谁记当时话?路隔银河犹可借⑨,世间离恨何年罢?

注释

① 这是一首关于"七夕"的词。描写牛郎织女的爱情,以表现世间情侣的相思,笔涉天上而情系人间。
② 喜鹊桥:民间传说天上的织女每年农历七月初七渡银河与牛

郎相会,喜鹊来搭成桥,称鹊桥。常用以比喻男女结合的途径。凤驾:仙人的车乘。
③ 欢:欢会、欢聚。
④ 乞与:给与。初凉夜:开始凉爽的夜晚,即指七夕。
⑤ 乞巧:参见晏几道《临江仙》(斗草阶前初见)词注。双蛾:指美女的两眉。蛾,蛾眉。蚕蛾触须细长而弯曲,因以比喻女子美丽的眉毛。
⑥ 玉钩:玉制的挂钩。喻新月。
⑦ 分钿(diàn)擘(bò)钗:情人分别时往往将金钗和钿盒分开,各执一半以为信物。金钗钿盒是传说中唐玄宗与杨贵妃定情的信物。钿,钿盒,镶嵌金、银、玉、贝的首饰盒子。擘,分开。钗,妇女用来绾住头发的首饰,由两股簪子交叉组合而成。
⑧ 香袖凭肩:言情人间手臂相挽、肩膀相靠的亲昵情形。
⑨ 借:凭借。

辑评

陈廷焯曰:思深意苦。(《词则·闲情集》)

蝶恋花①

醉别西楼醒不记②,春梦秋云③,聚散真容易。

斜月半窗还少睡,画屏闲展吴山翠④。　　衣上酒痕诗里字,点点行行,总是凄凉意。红烛自怜无好计,夜寒空替人垂泪⑤。

注释

① 这首词表现爱情的挫折给人带来的痛苦。
② "醉别"句:言醉后西楼一别,醒来已不记当时情形。西楼:泛指歌舞娱乐场所。
③ 春梦秋云:以短暂飘忽的春梦秋云,比喻人生聚散无常。晏殊《木兰花》词:"长于春梦几多时,散似秋云无觅处。"
④ 画屏:有画饰的屏风。吴山:吴地之山。
⑤ "红烛"二句:化用杜牧《赠别二首》之二:"蜡烛有心还惜别,替人垂泪到天明。"

辑评

　　先著、程洪曰:晏几道"醉别西楼醒不记":如小山父子及德麟辈,用事亦未尝不轻,但有厚薄浓淡之分。后人一再过,不复留余味,而古人隽永不已。(《词洁辑评》)

　　陈廷焯曰:一字一泪,一字一珠。(《词则·大雅集》)

　　唐圭璋曰:此首写别情凄婉。一起写醒时景况,迷离恍忽,已撇去无限别时情事。"春梦"两句,叹人生聚散无常。一"真"字,见慨叹之深。"斜月"两句,自言怀人无眠,惟有空对画屏凝想。一"还"字,见无眠之久,一"闲"字,见独处之寂。下片,"衣上"两句,从"醉别西楼"来,酒痕墨痕,是别时情态,今人去痕留,感伤曷极。"总是"二字,亦见感伤之甚,觉无物不凄凉也。"红烛"两句,用杜牧之"蜡烛有心还惜别,替人垂泪到天明"诗。但"自怜"、"空替"等字,皆能于空际传神。二晏并称,小晏精力尤胜,于此可见。(《唐宋词简释》)

蝶恋花①

碧玉高楼临水住②,红杏开时,花底曾相遇。一曲阳春春已暮③,晓莺声断朝云去④。　　远水来从楼下路,过尽流波,未得鱼中素⑤。月细风尖垂柳渡,梦魂长在分襟处⑥。

注释

① 这首词表现一位男子对情人的思念。上阕描写男女相会及其离别的场面;下阕先写离别后的渺无音讯,最后又刻画出分手之际的难忘情景。
② 碧玉:人名。南朝宋汝南王之妾,此处借指年轻貌美的小家女子。

③ 阳春:古歌曲名,即阳春白雪,是一种高雅难学的曲子。
④ 朝云:参见晏殊《木兰花》(玉楼朱阁横金锁)词注。
⑤ 鱼中素:指书信。素,绢帛,古人多用以写信或文章。
⑥ 梦魂:古人以为人的灵魂在睡梦中会离开肉体,故称"梦魂"。
分襟:犹离别,分袂。

辑评

厉鹗曰:鬼语分明爱赏多,小山小令擅清歌。世间不少分襟处,月细风尖唤奈何。(《论词绝句》)

陈廷焯曰:凄婉欲绝,仙耶鬼耶?(《词则·闲情集》)

蝶恋花①

梦入江南烟水路②,行尽江南,不与离人遇。睡里消魂无说处,觉来惆怅销魂误③。　欲尽此情书尺素④,浮雁沉鱼,终了无凭据⑤。却倚缓弦歌别绪,断肠移破秦筝柱⑥。

注释

① 这首词抒发无处不在的相思之苦。

② 烟水:雾霭迷蒙的水面。
③ 销魂:形容极其哀愁。
④ 书尺素:写信。尺素,小幅的绢帛,古人多用以写信或文章。
⑤ "浮雁"二句:意谓鱼雁传书之事终不可信。凭据,依据、根据。
⑥ "却倚"二句:意谓斜倚身子,拨动低缓的筝弦歌唱以抒发离别的愁绪,无奈纵是将筝柱调遍依然痛苦断肠。缓弦,松缓的琴弦,发音较低。破,遍。秦筝,古秦地的一种弦乐器,似瑟。传为秦国蒙恬所造,故名。柱,筝柱,筝上的弦柱,每弦一柱,可移动以调定声音。

辑评

卓人月曰:人必说梦中相会,何等陈腐。(《古今词统》)

唐圭璋曰:此首一起从梦写入,语即精炼。盖人去江南,相思不已,故不觉梦入江南也。但行尽江南,终不遇人,梦劳魂伤矣,此一顿挫处。既不遇人,故无说处,而一梦觉来,依然惆怅,此又一顿挫处。下片,因觉来惆怅,遂欲详书尺素,以尽平日相思之情与梦中寻访之情。但鱼雁无凭,尺素难达,此亦一顿挫处。寄书既无凭,故惟有倚弦以寄恨,但恨深弦急,竟将筝柱移破。写来层层深入,节节顿挫,既清利,又沉着。(《唐宋词简释》)

蝶恋花①

笑艳秋莲生绿浦②,红脸青腰③,旧识凌波女④。照影弄妆娇欲语,西风岂是繁华主⑤! 可恨良辰天不与,才过斜阳,又是黄昏雨。朝落暮开空自许⑥,竟无人解知心苦。

注释

① 此词虽含伤春惜时之意,实为感慨抒怀之作。上阕绾合今昔,叠置时空,重在对往昔的思念;下阕描写眼前景物,重在表现今日的伤怀。

② 秋莲:荷花。因在秋季结莲,故称。

③ 红脸青腰:此处指荷花。

④ 凌波女:此处喻指荷花。凌波,比喻美人步履轻盈、婀娜多姿,如踏碧波而行。

⑤ 繁华主:繁华的主者,主管繁华的神灵。繁华,指花木的繁密茂盛。

⑥ 自许:自夸,称许自己。

鹧鸪天[1]

彩袖殷勤捧玉钟[2],当年拼却醉颜红[3]。舞低杨柳楼心月[4],歌尽桃花扇底风。　　从别后,忆相逢,几回魂梦与君同。今宵剩把银釭照[5],犹恐相逢是梦中。

注释

[1] 这首词表现词人与舞女之间的一番情感。从当初酒筵歌席的相逢,到别后的相思相梦,又到重逢时的惊喜,娓娓道来、一波三折。

[2] 彩袖:指女子色彩艳丽的衣袖。玉钟:玉制的酒杯。亦用作酒杯的美称。

[3] 拼却:犹豁出去。

[4] "舞低"句:"低"的对象是月,明月从当空到西下,暗示舞蹈彻夜至晓。

[5] 剩:尽。银釭(gāng):银白色的灯盏、烛台。

辑评

俞玉曰:杜少陵诗云:"夜阑更秉烛,相对如梦寐。"晏小山之词乃云:"今宵剩把银釭照,犹恐相逢是梦中。"谈者但称晏词之美,不知其出于杜诗也。(《书斋夜话》)

鹧鸪天（彩袖殷勤捧玉钟）

蔡正孙曰：谢叠山云：杜子美乱后见妻子诗云："夜阑更秉烛，相对如梦寐。"辞情绝妙，无以加之。晏词窃其意云："今宵剩把银釭照，犹恐相逢是梦中。"周词反其意云："夜永有时，分明枕上，觑著孜孜地。烛暗时酒醒，元来又是梦里。"皆不如后山，祖杜工部之意，着一转语："了知不是梦，忽忽心未稳。"意味悠长，可与杜工部争衡也。（《诗林广记》）

刘体仁曰："夜阑更秉烛，相对如梦寐"，叔原则云："今宵剩把银釭照，犹恐相逢是梦中"，此诗与词之分疆也。（《七颂堂词绎》）

陈廷焯曰：仙乎丽矣。后半阕一片深情，低回往复，真不厌百回读也。言情之作，至斯已极。（《词则·闲情集》）

陈匪石曰：此殆为别后重逢之作，又惊又喜之情，至末句始露出，前半则将今昔之事，融合为一。第一句，今昔所同，然词意当属现在。第二句，"当年"二字，则现时之"颜"虽亦必由"醉"而"红"，而自疑尚未至此，故以追溯口吻出之，已将末两句之神髓吸取矣。"舞低"两句，既工致，又韶秀，且饶雍容华贵之气，晁补之谓"知此人不住三家村"，沈际飞谓"美秀不减六朝宫掖体"，与乃父之诗"梨花院落溶溶月，柳絮池塘淡淡风"同一名贵语。而由上句"当年"贯下，似拚醉之故在此，语虽实而境则虚。过变以下，仍避实就虚，欲说"相逢"之乐，先说"别后"之苦，"从别后，忆相逢"六字，颇见回环之妙笔。"几回魂梦与君同"，承上启下，措语已妙绝无伦。"今宵"一转，更非非想：前也梦且疑真，今也真转疑梦。"剩把"、"犹恐"四字，略作曲折，一若非灯可证，竟与前梦无异者。笔特夭矫,语特含蓄,其聪明处固非笨人所能梦见,其细腻处亦非粗人所能领会,其蕴藉处更非凡夫所能跂望。陈廷焯曰:"曲折深婉,自有艳词,更不得不让伊独步。"此正陈振孙所谓"高处远过《花间》"者也。至造语练字之工,则全从唐五代得来;而此等七字句,又决与《香奁诗》不同:其界限在神味,读者宜细审之。(《宋词举》)

唐圭璋曰:此首为别后相逢之词。上片,追溯当年之乐。"彩袖"一句,可见当年之浓情蜜意。"拼醉"一句,可见当年之豪情。换头,"从别后"三句,言别后相忆之深,常萦梦魂。"今宵"两句,始归到今日相逢。老杜云:"夜阑更秉烛,相对如梦寐",小晏用之,然有"剩把"与"犹恐"四字呼应,则惊喜俨然,变质直为宛转空灵矣。上言梦似真,今言真如梦,文心曲折微妙。(《唐宋词简释》)

鹧鸪天[①]

守得莲开结伴游[②],约开萍叶上兰舟[③]。来时浦口云随棹[④],采罢江边月满楼。　花不语,水空流,年年拼得为花愁[⑤]。明朝万一西风动,争向朱颜不耐秋[⑥]。

注释

① 这首词描写水乡少女采莲的情景,其中寄寓了词人对于年华流逝的凄凉感受。
② 守得:守候,等待。
③ 约:掠,拂过。兰舟:木兰舟,小舟之美称。
④ 浦口:小河入江之处。棹:船桨。
⑤ 拼得:舍得,犹言甘心情愿。
⑥ 争向:犹怎奈。朱颜:明指荷花,暗喻青春容颜。不耐:不能忍受。

鹧鸪天①

醉拍春衫惜旧香②,天将离恨恼疏狂③。年年陌上生秋草④,日日楼中到夕阳。　　云渺渺,水茫茫,征人归路许多长⑤。相思本是无凭语,莫向花笺费泪行⑥。

注释

① 此词抒发离别之愁。
② 春衫:春季穿的衣服。旧香:指女子昔日留于衣衫上的余香。

暗示对于旧情的怀念。
③ 恼疏狂：烦恼我这疏狂的人。疏狂，豪放，不受拘束。词人自指。
④ 陌：田间小路。
⑤ 征人：远行的人。
⑥ "相思"二句：言相思之情原本是没有凭据的心语，因而垂泪书写情书也无济于事。花笺，即彩笺，供题咏或书信之用的小幅彩色纸张，此处指代书信。

辑评

卓人月曰："费"字本于学书纸费，学送人费。（《古今词统》）

鹧鸪天①

小令尊前见玉箫②，银灯一曲太妖娆。歌中醉倒谁能恨，唱罢归来酒未消。　　春悄悄，夜迢迢，碧云天共楚宫遥③。梦魂惯得无拘检，又踏杨花过谢桥④。

注释

① 这首词抒写对一位歌女的思慕之情。

② 小令:词体名。唐时文人于酒宴上即席填词,当作酒令,后遂称词之较短小者为小令。尊前:酒樽之前,此指酒筵上。玉箫:本是唐人小说中侍女的名字。此处暗指词人钟情的歌女。
③ 碧云天:喻远方天边,以表离情别绪。楚宫:古代楚国的宫殿。
④ 谢桥:古人常称所恋女子为谢娘,称其所居之处为谢桥、谢家。

辑评

邵博曰:程叔微云:"伊川(程颐)闻诵叔原'梦魂惯得无拘检,又踏杨花过谢桥'长短句,笑曰:'鬼语也。'意亦赏之。"(《邵氏闻见后录》)

卓人月曰:末句见赏于伊川,所谓"我见犹怜"。(《古今词统》)

况周颐曰:小晏神仙中人,重以名父之贻,贤师友相与沆瀣,其独造处,岂凡夫肉眼所能见及。"梦魂惯得无拘管,又逐杨花过谢桥",以是为至,乌足与论小山词耶。(《蕙风词话》)

俞陛云曰:此调共十九首。《草堂诗余》录"舞低杨柳楼心月"一首,以其最擅名也。此二首"醉拍春衫惜旧香"和"小令尊前见玉箫"之结句,情韵均胜。次首"谢桥"二句尤见新颖。(《唐五代两宋词选释》)

81

鹧鸪天[1]

十里楼台倚翠微[2],百花深处杜鹃啼,殷勤自与行人语,不似流莺取次飞[3]。　　惊梦觉,弄晴时[4],声声只道不如归[5]。天涯岂是无归意,争奈归期未可期[6]。

注释

[1] 这首词抒发游子思乡之情。
[2] 翠微:指青翠掩映的山腰幽深处。
[3] 取次:随便,任意。
[4] 弄晴:指禽鸟在初晴时鸣啭、戏耍。
[5] 不如归:指杜鹃的叫声。古人以为杜鹃啼声酷似人言"不如归去",有催人归家之感。
[6] "争奈"句:化用李商隐《夜雨寄北》诗:"君问归期未有期。"

鹧鸪天[1]

楚女腰肢越女腮[2],粉圆双蕊髻中开[3]。朱弦曲怨愁春尽,渌酒杯寒记夜来[4]。　　新掷果[5],旧分钗⑥,冶游音信隔章台⑦。花间锦字空频寄⑧,月底金鞍竟未回⑨。

注释

① 这首词描写一位妓女的美艳姿色以及她对昔日恋人的一片情思。
② "楚女"句:描写女子身段婀娜、面容娇美。楚女腰肢,谓美女之细腰。
③ 蕊:此处指花朵。髻中开:谓将花朵插戴在发髻之上。
④ 渌酒:美酒。渌,同"醁"。
⑤ 掷果:此处指称英俊的男子。《晋书·潘岳传》:晋潘岳貌美,少时出游,女子都丢果子给他。后以"掷果潘安"喻美男子。
⑥ 分钗:将钗股分开。情人分别时往往将金钗分开,各执一半以为信物。故喻分别、离别。钗,妇女用来绾住头发的首饰,由两股簪子交叉组合而成。
⑦ 冶游:旧时谓狎妓。章台:古时长安城中街名,后用作娼妓居所的代称。
⑧ 锦字:原指前秦苏蕙寄给丈夫的织锦回文诗。此处指书信。
⑨ 金鞍:鞍鞯考究的马匹,指代骑马之人。

鹧鸪天①

碧藕花开水殿凉②,万年枝外转红阳③。升平歌管随天仗④,祥瑞封章满御床⑤。　　金掌露⑥,玉炉香⑦。岁华方共圣恩长⑧。皇州又奏圆扉静⑨,十样宫眉捧寿觞⑩。

注释

① 这首词旨在歌颂升平。黄昇在《唐宋诸贤绝妙好词选》此词调下注云:"庆历中,开封府与棘寺同日奏狱空。仁宗于宫中宴集,宣叔原作此,大称上意。"

② 碧藕:指碧莲。水殿:临水的殿堂。

③ 万年枝:即冬青树。

④ 天仗:皇帝的仪仗。

⑤ 祥瑞封章:指报告喜庆之事的奏章。封章,报告机密事件的章奏。御床:皇帝用的坐卧之具。

⑥ 金掌:铜制的仙人手掌。为汉武帝作承露盘擎盘之用。

⑦ 玉炉:玉制的香炉。亦为香炉的美称。

⑧ 岁华:泛指草木。共:与。圣恩:帝王的恩宠。长:生长。

⑨ 皇州:帝都,京城。圆扉静:指监狱中没有犯人,意谓国家太平无事。圆扉,狱门。亦借指为牢狱。

⑩ 十样宫眉:各式眉样的宫女,此泛指众美女。杨慎《丹铅续

录·十眉图》:"唐明皇令画工画十眉图。一曰鸳鸯眉,又名八字眉;二曰小山眉,又名远山眉;三曰五岳眉;四曰三峰眉;五曰垂珠眉;六曰月棱眉,又名却月眉;七曰分梢眉;八曰逐烟眉;九曰拂云眉,又名横烟眉;十曰倒晕眉。"宫眉,宫中流行的画眉样式。寿觞:祝寿的酒杯。

鹧鸪天①

题破香笺小砑红②,诗篇多寄旧相逢。西楼酒面垂垂雪③,南苑春衫细细风④。　　花不尽,柳无穷。别来欢事少人同。凭谁问取归云信,今在巫山第几峰⑤?

注释

① 这首词表现词人对一位歌女的思慕之情。
② 题破:写尽,写完。香笺小砑(yà)红:磨压过的红色小纸。
③ 西楼:泛指歌舞娱乐场所。酒面:饮酒后的面色。
④ 南苑:御苑名。因在皇宫之南,故名。历代所指不一。春衫:春季穿的衣服。
⑤ "凭谁"二句:参见晏殊《木兰花》(玉楼朱阁横金锁)词注。凭,仗、请。问取,即问。取,助词,无义。归云,喻指离去的歌女。

生查子①

金鞭美少年,去跃青骢马②。牵系玉楼人③,绣被春寒夜。　　消息未归来,寒食梨花谢④。无处说相思,背面秋千下⑤。

注释

① 此词表现闺中女子对于爱人的思念及其孤单落寞的处境。
② 青骢(cōng)马:毛色青白相杂的骏马。
③ 玉楼人:犹言闺中人。
④ 寒食:节日名。在清明前一或二日。
⑤ "背面"句:用李商隐《无题》诗成句:"十五泣春风,背面秋千下。"

辑评

曾季貍曰:晏叔原小词,"无处说相思,背面秋千下。"吕东莱极喜诵此词,以为有思致。然此本李义山诗云:"十五泣春风,背面秋千下。"(《艇斋诗话》)

黄苏曰:晏叔原"金鞭美少年","去跃"二字,从妇人目中看出,深情挚语。末联"无处"二字,意致凄然,妙在含蓄。(《蓼园词选》)

俞陛云曰:此阕闺人怨别之词,以"牵系"二字领起下阕四句。"绣被"句有"锦衾独旦"之意。"秋千"句殆用"十五泣春风,背面秋千下"诗意,言背人饮泣也。(《唐五代两宋词选释》)

生查子①

关山魂梦长②,鱼雁音尘少③。两鬓可怜青④,只为相思老。 归梦碧纱窗,说与人人道⑤:真个别离难⑥,不似相逢好。

注释

① 这是一首抒写羁旅归思的词。
② 关山:关隘山岭。
③ 鱼雁:指书信。音尘:音信,消息。
④ 可怜:很,非常。青:乌黑。
⑤ 人人:用以称亲昵者。
⑥ 真个:真的,确实。

生查子①

坠雨已辞云,流水难归浦②。遗恨几时休,心抵秋莲苦③。 忍泪不能歌,试托哀弦语④。弦语愿相逢,知有相逢否⑤?

注释

① 这首词表达爱情失意后的无穷遗恨。
② "坠雨"二句:喻女子遭人抛弃。坠雨辞云,语出王充《论衡》:"雨之出山,或谓云载而行。云散水坠,名为雨矣。"浦,小水汇入大水处。
③ 抵:相当。
④ "试托"句:言试借弹琴以抒发悲苦。张先《惜双双·溪桥寄意》词:"断梦归云经日去,无计使哀弦寄语。"哀弦,悲凉的弦乐声。
⑤ 有:通"又"。否:语末助词,表询问。

生查子①

长恨涉江遥②,移近溪头住③。闲荡木兰舟④,误入双鸳浦⑤。　　无端轻薄云⑥,暗作廉纤雨⑦。翠袖不胜寒⑧,欲向荷花语。

注释

① 此词描写一位荡舟溪上的采莲女,刻画出其孤寂惆怅的内心情态,给读者以灵动清丽、隽永可人的感受。

② 涉江:渡水。

③ 溪头:犹溪边。

④ 木兰舟:此为小舟之美称。

⑤ 双鸳浦:即鸳鸯浦,鸳鸯栖息的水滨。

⑥ 无端:无因由,无缘无故。

⑦ 廉纤雨:细雨。

⑧ 翠袖:青绿色衣袖。泛指女子的装束。

辑评

　　李调元曰:晏几道小山词似古乐府。余绝爱其《生查子》云:"长恨涉江遥,……"公自序云:"补亡一篇,补乐府之亡也。"可以当之。(《雨村词话》)

　　俞陛云曰:起句用"涉江采芙蓉"诗,以呼应"荷花"结句,盖咏采莲女之作。上段写绮怀之幽杳,下段写丽情之宛转,殊有《竹枝词》意味。(《唐五代两宋词选释》)

生查子①

　　远山眉黛长②,细柳腰肢嫩③。妆罢立春风,一笑千金少。　　归去凤城时④,说与青楼道⑤:遍看

生查子(远山眉黛长)

颍川花⑥,不似师师好⑦。

注释

① 这首词描写一位青楼女子特立出群的美貌。
② "远山"句:意谓长长的眉毛如远山一般秀丽。远山眉,形容女子秀丽之眉。典出《西京杂记》:"文君姣好,眉色如望远山,脸际常若芙蓉。"黛,青黑色颜料,古代女子用以画眉,故称眉黛。
③ "细柳"句:意谓柔美的腰肢如细柳一般袅娜。嫋(niǎo),纤弱的样子。形容女子细柔的腰肢。
④ 凤城:京城,泛言富贵所居之繁华都市。
⑤ 青楼:此指妓女居所,用以指代妓女。
⑥ 颍(yǐng)川:即颍河,源于河南省境内,东南流向安徽,注入淮河。此处用以泛指这一地区。
⑦ 师师:李师师,北宋名妓。此处用作妓女共名,指称词中所咏女子。

辑评

叶申芗曰:李师师汴中名妓,不独周美成为之倾倒,一时诸名士,亦多有题赠焉。晏小山则有《生查子》云:"远山眉黛长。"(《本事词》)

夏承焘曰:晏几道《小山词》有《生查子》云:"遍看颍川花,不似师师好。""醉后莫思家,借取师师宿。"皆非宣和李师师。唐人孙棨为《北里志》,记平康妓亦有李师师,师师盖不仅一人也。(《张子野年谱》)

南乡子①

新月又如眉②,长笛谁教月下吹③? 楼倚暮云初见雁,南飞,漫道行人雁后归④。 意欲梦佳期⑤,梦里关山路不知⑥。却待短书来破恨⑦,应迟,还是凉生玉枕时⑧。

注释

① 这首词表现一位女子排遣不去的离愁。
② 新月:农历每月初出的弯形的月亮。
③ "长笛"句:化用杜牧《题元处士高亭》诗句:"何人教我吹长笛,与倚春风弄月明。"教,使、让。
④ "漫道"句:化用薛道衡《人日思归》诗:"人归落雁后,思发在花前。"漫道,莫说、不讲。
⑤ 佳期:指男女重晤的日期。
⑥ 关山:关隘山岭。

⑦ 却:还。短书:指书信。破恨:解除愁恨,排解幽怨。
⑧ 玉枕:玉制或玉饰的枕头。亦用作瓷枕、石枕的美称。

辑评

先著、程洪曰:小词之妙,如汉魏五言诗,其风骨兴象,迥乎不同。苟徒求之色泽字句间,斯末矣。然人崇、宣以后,虽情事较新,而体气已薄,亦风气为之,要不可以强也。(《词洁辑评》)

南乡子①

小蕊受春风②,日日宫花花树中③。恰向柳绵缭乱处④,相逢,笑靥旁边心字浓⑤。　　归路草茸茸⑥,家在秦楼更近东⑦。醒去醉来无限事,谁同⑧,说着西池满面红⑨。

注释

① 这首词表现一位年轻女子可爱动人的情态。
② 小蕊:花中蕊须顶端长有粉囊者,即雄蕊。指绽开的花朵。
③ 宫花:皇宫禁苑中的花木。
④ 向:在、当。柳绵:即柳絮。

⑤ "笑靥(yè)"句:意谓脸上带着笑容,内心感到喜悦。靥,面颊上的微窝,俗称酒窝。心字,即心字香。
⑥ 茸茸:形容青草柔细浓密貌。
⑦ 秦楼:女子居处的泛称。
⑧ 谁同:即同谁。
⑨ "说着"句:意谓说到婚嫁之事,害羞脸红。

南乡子①

眼约也应虚,昨夜归来凤枕孤②。且据如今情分里,相于③,只恐多时不似初。　　深意托双鱼④,小剪蛮笺细字书⑤。更把此情重问得⑥,何如,共结因缘久远无⑦?

注释

① 这首词流露出对于爱情的忧虑和不安。
② "昨夜"句:意谓相约未晤,独自怅然而归。
③ 相于:相互亲近交好的人。
④ 双鱼:谓书信。
⑤ 蛮笺:即蜀笺,蜀地所产生的笺纸。古代把边远的南方称作

蛮荒之地,蜀在南方,故称其所造之笺为蛮笺。

⑥ 得:语助词。

⑦ 无:疑问词。

辑评

俞陛云曰:反复诘问,惟恐历久寒盟,写情入深细处。人谓小山之词"字字娉娉袅袅,如揽嫱施之袂",此等句足以当之。(《唐五代两宋词选释》)

清平乐①

春云绿处,又见归鸿去②。侧帽风前花满路③,冶叶倡条情绪④。　红楼桂酒新开⑤,曾携翠袖同来⑥。醉弄影娥池水⑦,短箫吹落残梅⑧。

注释

① 这是一首描写冶游的词。

② 归鸿:归雁。

③ 侧帽:斜戴帽子,谓洒脱不羁的装束。

④ "冶叶"句:意谓看见妖冶袅娜的枝叶,便产生出一种欲寻访

娼家的情绪。冶叶倡条,以妖冶袅娜的枝叶比喻歌妓舞女。李商隐《燕台春》诗:"蜜房羽客类芳心,冶叶倡条遍相识。"冶,妖冶。倡,同"娼"字。

⑤ 红楼:犹青楼,妓女所居之处。桂酒:用玉桂浸制的美酒。泛指美酒。

⑥ 翠袖:青绿色衣袖,此指女子。

⑦ 影娥池:汉代未央宫中池名。

⑧ 吹落残梅:古笛曲有《梅花落》。李白《司马将军歌》:"羌笛横吹《阿鼉回》,向月楼中吹《落梅》。"

清平乐①

波纹碧皱②,曲水清明后③。折得疏梅香满袖,暗喜春红依旧④。　　归来紫陌东头⑤,金钗换酒消愁⑥。柳影深深细路⑦,花梢小小层楼⑧。

注释

① 这首词描写春景,画面流光溢彩,情调风流倜傥。

② "波纹"句:形容碧绿微波的水面。

③ 曲水:古代风俗,于农历三月上巳日(上旬的巳日,魏晋以后

始固定为三月三日)就水滨宴饮,认为可被除不祥,后人因引水环曲成渠,流觞取饮,相与为乐,称为曲水。王羲之《兰亭集序》:"又有清流激湍,映带左右,引以为流觞曲水,列坐其次。"

④ 春红:春天的花朵。

⑤ 紫陌:指京师郊野的道路。东头:东边。

⑥ "金钗"句:化用元稹《遣悲怀》诗:"顾我无衣搜荩箧,泥他沽酒拔金钗。"与柳永《望远行》词:"消遣离愁无计,但暗掷、金钗买酒。"

⑦ 细路:狭小的路径。

⑧ 花梢:花木的枝梢。层楼:高楼。

辑评

俞陛云曰:上阕"梅香"二句,喻暗喜彼姝之仍在。下阕"细路"、"层楼"二句,将其居处分明写出,其中人若唤之欲应也。(《唐五代两宋词选释》)

清平乐①

幺弦写意②,意密弦声碎。书得凤笺无限事③,犹恨春心难寄④。　　卧听疏雨梧桐,雨余淡月朦胧⑤。一夜梦魂何处，那回杨叶楼中⑥。

注释

① 这是一首表现男女相思的词。
② 幺弦:琵琶的第四弦,借指琵琶。写意:披露心意,抒写心意。
③ 书:写。凤笺:精美的纸张,供题诗、写信之用。亦借指诗作或书信。
④ 恨:遗憾。春心:指男女之间相思爱慕的情怀。
⑤ 雨余:雨后。
⑥ 杨叶楼:指女子居处。

清平乐①

笙歌宛转②，台上吴王宴。宫女如花倚春殿③，舞绽缕金衣线④。　　酒阑画烛低迷⑤，彩鸳惊起双栖。月底三千绣户⑥，云间十二琼梯。

注释

① 这首词描绘春秋时期吴王夫差穷奢极欲的荒淫生活,透露出历史兴亡的感慨。

② 笙歌:泛指奏乐唱歌。
③ 春殿:御殿,谓宫室之盛。
④ "舞绽"句:意谓舞女们起舞狂欢,甚至把她们身上名贵的金缕衣都弄得绽裂了。
⑤ 低迷:迷离,模糊。此处形容辉煌的灯火也逐渐熄灭。
⑥ 绣户:指妇女居住之所。

清平乐①

莺来燕去,宋玉墙东路②。草草幽欢能几度,便有系人心处。　　碧天秋月无端③,别来长照关山④。一点恹恹谁会⑤,依前凭暖阑干⑥。

注释

① 这首词表现情人离别后的相思之情。
② "宋玉"句:典出宋玉《登徒子好色赋》。其文载,宋玉东面的邻家有一位绝色佳人,爱慕宋玉多时,但宋玉不为所动。
③ 无端:无因由,无缘无故。
④ 关山:关隘山岭。此处指游子所居之处。
⑤ 恹(yān)恹:精神委靡,心情忧郁。

⑥ 依前:依照从前。凭暖阑干:意谓秋日天寒,栏杆本是凉的,但因凭栏的时间长了,使得栏杆变得温暖。

清平乐①

心期休问②,只有尊前分③。勾引行人添别恨,因是语低香近。　　劝人满酌金钟,清歌唱彻还重④。莫道后期无定⑤,梦魂犹有相逢。

注释

① 这首词表现歌女与宾客之间的暧昧情思。
② 心期:心里的期望,对未来的设想。
③ 尊前:酒席筵前。尊,酒杯。
④ 彻:结束。
⑤ 后期:约定以后见面的日期。

清平乐①

烟轻雨小,紫陌香尘少②。谢客池塘生绿草③,

一夜红梅先老。　　旋题罗带新诗④,重寻杨柳佳期。强半春寒去后⑤,几番花信来时⑥。

注释

① 这首词将词人对于岁月流逝的感慨、节候变更的敏感以及情感生活的体验融合为一。
② 紫陌:指京师郊野的道路。刘禹锡《元和十一年自朗州召至京戏赠看花诸君子》诗:"紫陌红尘拂面来,无人不道看花回。"
③ 谢客:指著名诗人谢灵运,他的《登池上楼》诗中有"池塘生绿草,园柳变鸣禽"之句。
④ "旋题"句:意谓新作的诗刚刚题写在罗带之上。旋题,即刻题写。罗带,丝织的衣带。
⑤ 强半:大半,过半。
⑥ 花信:即开花的消息。

清平乐①

红英落尽②,未有相逢信。可恨流年凋绿鬓③,睡得春醒欲醒④。　　钿筝曾醉西楼⑤,朱弦玉指梁州⑥。曲罢翠帘高卷,几回新月如钩。

注释

① 这首词上片描写当下的凄凉感受,下片回忆昔日的缠绵佳会。

② 红英:红色花瓣。

③ 流年:如水般流逝的光阴、年华。绿鬓:黑色鬓发。

④ 酲(chéng):酒醉。

⑤ 钿(diàn)筝:镶嵌有金银玉贝等饰物的筝。西楼:泛指歌舞娱乐场所。

⑥ 朱弦:朱红色的筝弦。玉指:称美人的手指。梁州:古曲调名。

清平乐①

西池烟草②,恨不寻芳早。满路落花红不扫,春色渐随人老。　　远山眉黛娇长③,清歌细逐霞觞④。正在十洲残梦⑤,水心宫殿斜阳⑥。

注释

① 这首词将凄凉和美丽、梦幻和现实的种种感受融为一体。

② 西池:此处泛指池泽。烟草:青草之上笼罩着如烟雾一般的水汽,泛言春季景色。

③ "远山"句:意谓长长的眉毛如同远山一般秀丽。远山眉,形容女子秀丽之眉。典出《西京杂记》:"文君姣好,眉色如望远山,脸际常若芙蓉。"黛,青黑色颜料,古代女子用以画眉,故称眉黛。

④ "清歌"句:意谓在筵席上,细细地听歌、喝酒。霞觞,杯中的酒犹如云霞一般美丽,故称。

⑤ 十洲:道教称大海中神仙居住的十处名山胜境。亦泛指仙境。《海内十洲记》:"汉武帝既闻王母说八方巨海之中有祖洲、瀛洲、玄洲、炎洲、长洲、元洲、流洲、生洲、凤麟洲、聚窟洲。有此十洲,乃人迹所稀绝处。"卢照邻《赠李荣道士》诗:"风摇十洲影,日乱九江文。"

⑥ 水心宫殿:建筑在水之中央的华屋精舍。

辑评

俞陛云曰:前六句为春暮访艳,后二句,十洲宫殿,忽托思在仙灵境界,为此调十八首中清超之作。(《唐五代两宋词选释》)

清平乐①

蕙心堪怨②,也逐春风转。丹杏墙东当日见,幽会绿窗题遍。　　眼中前事分明,可怜如梦难凭③。都把旧时薄幸④,只消今日无情⑤。

注释

① 这首词表现一位失宠女子的哀怨之情。
② 蕙心:女子的心意。蕙,即蕙兰,草本植物,花气芳香。
③ 凭:即凭借、依据。
④ 薄幸:薄情,负心。幸,宠爱。
⑤ 只消:只须,只要。

清平乐①

双纹彩袖②,笑捧金船酒③。娇妙如花轻似柳,劝客千春长寿。　　艳歌更倚疏弦④,有情须醉尊前。恰是可怜时候⑤,玉娇今夜初圆⑥。

注释

① 这首词表达对一位美丽侍女的欣赏和赞美。
② 彩袖:指女子色彩艳丽的衣袖。
③ 金船:其形如船的金属酒杯。

④ 艳歌:形容文辞艳丽的歌曲。倚:此处谓"倚声",即按照歌谱歌唱的意思。疏弦:谓丝弦弹奏的乐曲轻柔舒缓。
⑤ 可怜:可爱,此处引申为动情之意。
⑥ 玉娇:指明月。

木兰花①

秋千院落重帘幕②,彩笔闲来题绣户③。墙头丹杏雨余花,门外绿杨风后絮④。　　朝云信断知何处,应作襄王春梦去⑤。紫骝认得旧游踪⑥,嘶过画桥东畔路⑦。

注释

① 这是一首表现冶游风流的词。
② 重帘:层层的帘幕。
③ 彩笔:江淹少时,曾梦人授以五色笔,从此文思大进,晚年又梦一个自称郭璞的人索还其笔,自后作诗,再无佳句。后人因以"彩笔"指词藻富丽的文笔。题绣户:指在绣户上题诗。绣户,雕绘华美的门户,多指女子居处。
④ 絮:指柳絮。

木兰花（秋千院落重帘幕）

⑤ "朝云"二句:参见晏殊《木兰花》(玉楼朱阁横金锁)词注。信断,音讯断绝。襄王,楚襄王。
⑥ 紫骝(liú):古骏马名。泛指骏马。
⑦ 嘶:马鸣。画桥:雕饰华丽的桥梁。

辑评

沈谦曰:填词结句,或以动荡见奇,或以迷离称隽,著一实语,败矣。康伯可"正是销魂时候也,缭乱花飞"、晏叔原"紫骝认得旧游踪,嘶过画桥东畔路"、秦少游"放花无语对斜晖,此恨谁知",深得此法。(《填词杂说》)

黄苏曰:前阕首二句,别后想其院宇深沉,门阑紧闭。接言墙内之人,如雨余之花。门外行踪,如风后之絮。次阕起二句,言此后杳无音信。末二句言重经其地,马尚有情,况于人乎。似为游冶思其旧好而言。然叔原尝言其先公不作妇人语,则叔原又岂肯为狭邪之事,或亦有所寄托言之也。(《蓼园词选》)

陈廷焯曰:"余"、"后"二字,有哀味。(《词则·闲情集》)

木兰花①

小颦若解愁春暮②,一笑留春春也住。晚红初减谢池花③,新翠已遮琼苑路④。　湔裙曲水曾相遇⑤,挽断罗巾容易去⑥。啼珠弹尽又成行⑦,毕竟心情无会处。

注释

① 这首词以流逝的春色比喻失去的爱情。
② 小颦(pín):女子的泛称。
③ 晚红:指花在一段时间仍保持红色。谢池:犹言谢家池塘,以南朝诗人谢灵运的姓氏美称所言的园林。谢灵运有"池塘生春草"的名句,故言"谢池"。
④ 琼苑:苑囿的美称。
⑤ 湔(jiān):洗涤,沾湿。
⑥ 罗巾:丝制的手巾。
⑦ 啼珠:原指露珠,此处喻泪滴如珠。

木兰花①

小莲未解论心素②,狂似钿筝弦底柱③。脸边霞散酒初醒,眉上月残人欲去④。　旧时家近章台住⑤,尽日东风吹柳絮。生憎繁杏绿阴时⑥,正碍粉墙偷眼觑⑦。

注释

① 这首词表现词人对于往日游冶生活的记忆和近来的心灵感受。
② 小莲:作者友人的歌女。心素:心中的情愫。
③ "狂似"句:以筝弦发出的高亢清脆的声音比喻小莲的狂放性格。钿筝,镶嵌有金银玉贝等饰物的筝。
④ 眉上月:即眉月。谓妇女眉如新月。
⑤ 章台:古时长安城中街名,后用作娼妓居所的代称。
⑥ 生憎:极其憎恨,特别厌恶。
⑦ "正碍"句:意谓最恨绿树成荫,妨碍小莲在粉墙后面偷看。觑(qù),偷偷窥视。

木兰花①

玉真能唱朱帘静②,忆在双莲池上听③。百分蕉叶醉如泥④,却向断肠声里醒⑤。　　夜凉水月铺明镜,更看娇花闲弄影。曲终人意似流波,休问心期何处定⑥。

注释

① 这首词回忆当初宴饮之际的一番情思。

② 玉真:歌女的名字。

③ 双莲:谓并蒂莲花。

④ 百分蕉叶:意谓喝了很多酒。百分,犹言满杯。蕉叶,浅底的酒杯。

⑤ 向:朝向。此处有在的意思。

⑥ 心期:心愿,心意。

木兰花①

初心已恨花期晚②,别后相思长在眼③。兰衾犹有旧时香④,每到梦回珠泪满。　　多应不信人肠断,几夜夜寒谁共暖。欲将恩爱结来生,只恐来生缘又短。

注释

① 这首词极言令人绝望的相思之苦。

② 初心:起初的心愿。花期:植物开花的时期。此处喻指因缘聚合的时期。

③ "别后"句:意谓别后的相思之苦,经常表露在眼泪之中。
④ 兰衾(qīn):犹言香衾,是对被子的美称。

减字木兰花①

留春不住,恰似年光无味处。满眼飞英②,弹指东风太浅情③。　　筝弦未稳,学得新声难破恨。转枕花前,且占香红一夜眠④。

注释
① 这首词表现惜春无奈之情。
② 飞英:飘舞的落花。
③ 弹指:捻弹手指作声。佛家多以喻时间短暂,如同手指弹动的一刹那。
④ 香红:指花。

减字木兰花①

长杨辇路②,绿满当年携手处。试逐春风③,重到宫花花树中④。　　芳菲绕编⑤,今日不如前日健。酒罢凄凉,新恨犹添旧恨长。

注释

① 这首词表现离别京都数年后,词人重游故地的凄凉感受。
② "长杨"句:意在点出地点。长杨,长杨宫的省称。长杨宫本是秦、汉时的宫名。辇路,天子车驾经过的道路。由此可见"长杨辇路"是指北宋京城汴京。
③ 逐:追逐,跟随。
④ 宫花:皇宫庭苑中的花木。
⑤ 芳菲:香花芳草。

菩萨蛮①

来时杨柳东桥路②,曲中暗有相期处③。明月好因缘,欲圆还未圆。　　却寻芳草去,画扇遮微雨。飞絮莫无情,闲花应笑人。

注释

① 这首词展现爱情生活中那种骚动不定、迷离难测的情愫。

② 东桥:指东边的桥,为泛称而非实名。
③ "曲中"句:意谓约会的地点在弯路边上的隐蔽之处。相期处,相约之处。

辑评

俞陛云曰:月未十分圆满,情味最长。取喻因缘,小山独能见到。(《唐五代两宋词选释》)

菩萨蛮①

娇香淡染胭脂雪②,愁春细画弯弯月③。花月镜边情,浅妆匀未成④。　佳期应有在⑤,试倚秋千待。满地落英红⑥,万条杨柳风。

注释

① 这首词展现一位少女的满腔春情。
② "娇香"句:描述女子搽胭脂的情形。娇香,形容胭脂。雪,比喻白嫩的肌肤。
③ "愁春"句:描述女子画眉毛的情形。画成的细眉如弯弯的新月,而且眉目含情,好像透露着一丝伤春的意绪。

④ 浅妆:指淡妆。

⑤ 在:句尾语助词,表示肯定的语气。

⑥ 落英:落红,落花。

玉楼春①

东风又作无情计,艳粉娇红吹满地②。碧楼帘影不遮愁③,还似去年今日意。谁知错管春残事,到处登临曾费泪。此时金盏直须深④,看尽落花能几醉⑤。

注释

① 这是一首伤春惜时之作。
② 艳粉娇红:指花。
③ 碧楼:犹玉楼,翠楼。亦为楼阁的美称。
④ 金盏:酒杯的美称。直须:应当。深:充分,多。
⑤ "看尽"句:化用崔敏童《宴城东庄》诗:"能向花前几回醉?十千沽酒莫辞贫。"

辑评

陈匪石曰:小山学《花间》,妙在吞吐含蓄,全不说破。此词为爽利一派,已开慢曲门径矣。首句破空而来,先怨"东风"之"无情",着一"又"字,将第四、五、六等句元神提出,直贯篇末。次句,"落花"正面。第三句,飞花零乱,隔帘可见。"帘影不遮愁",恨帘抑惜春?出以囫囵语气,气味绝厚。第四句,回想去年。"还似"二字,跟"又"字来,二情倍深,语倍沉痛。过变两句,承"去年"说,而作翻案语,不说春去须惜,反认惜春为多事。"登临"之"泪",遂嫌其"费",以有"错管"之悔。"谁知"是翻笔。"到处"及"曾"字,又回顾"又"字。既嫌以前之"错管",故"此时"惟有以沉醉消之。末两句是得过且过之意,亦古人"惜分阴"之心,恐时不再来,而及时行乐,遂转不惜"落花",而欲趁花未落尽以前,恣意玩赏。语似旷达,其沉痛则较惋惜尤甚,实进一层立意也。至其疏而不密,劲而不挠,全从李煜得来。周之琦所谓"道得亭上红罗语",其在斯乎?(《宋词举》)

唐圭璋曰:此首伤春,文笔清劲。起句沉痛之至,"东风又作无情计",可见摧风之甚。一"又"字,与子野词"残花中酒,又是去年病"之"又"字同妙。"艳粉"句,即东风所摧残之落花。"碧楼"两句,言隔帘见花飞零乱,景亦至佳。"还似"与"又"字相应,引起去年今日之情景。"谁知"两句,自怨自悔,皆因伤极而有此语。"春残"从"粉艳"来,"到处"从"去年"来。"此时"两句,自作解语,言费泪无益,惟有藉酒浇愁。此与同叔之"劝君莫做独醒人,烂醉花间应有数"同意。但小晏出之以问语,更觉深婉。又后主词云:"醉乡路稳宜频到,此外不堪行",此处"直须"二字,最能得其神理。(《唐宋词简释》)

玉楼春①

采莲时候慵歌舞②,永日闲从花里度③。暗随蘋末晓风来④,直待柳梢斜月去⑤。 停桡共说江头路⑥,临水楼台苏小住⑦。细思巫峡梦回时⑧,不减秦源肠断处⑨。

注释

① 这首词描写一群烟花女子在采莲时节的动人情致。

② 慵:懒得做某事。

③ 永日:长日,漫长的白天。

④ 蘋末晓风:清晨掠过蘋草梢端的微风。

⑤ "直待"句:唐彦谦《无题十首》之六:"漏滴铜龙夜已深,柳梢斜月弄疏阴。"直待,一直等到。

⑥ 停桡(ráo):停船。桡,船桨。说:同"税",息,休止。江头:江边,江岸。

⑦ 苏小:即苏小小,南朝齐时钱塘名妓。代指女子。

⑧ 巫峡梦回:典出宋玉《高唐赋》。参见晏殊《木兰花》(玉楼朱阁横金锁)词注。陈德武《玉蝴蝶·雨中对紫薇》词:"梦回巫峡,春在瑶池。"巫峡,长江三峡之一,一称大峡。因巫山得名。梦回,从梦中醒来。

⑨ 秦源:即桃源,在今浙江省天台县北。据刘义庆《幽冥录》载,

东汉时,刘晨、阮肇到天台山采药迷路,误入桃源洞遇见两位仙女,被邀至家中半年后回家,子孙已过七代。后因以指男女幽会的仙境。肠断:形容极度悲痛。

辑评

陈廷焯曰:绵丽有致。(《词则·闲情集》)

阮郎归①

旧香残粉似当初,人情恨不如②。一春犹有数行书③,秋来书更疏。　　衾凤冷④,枕鸳孤⑤,愁肠待酒舒⑥。梦魂纵有也成虚,那堪和梦无⑦。

注释

① 这是一首闺怨词。作品表现男子的薄情,以及闺妇的孤苦。
② "旧香"二句:意谓人情淡薄还不及旧香残粉。
③ 书:指书信。
④ 衾凤:即凤衾,绣有凤凰花饰的被子。衾,被子。
⑤ 枕鸳:即鸳枕,鸳鸯枕,绣有鸳鸯的枕头。为夫妻所用。
⑥ 愁肠:忧思郁结的心肠。

⑦ 那堪:怎堪,怎能禁受。和:连。

辑评

唐圭璋曰:此首起两句,言物是人非。"一春"两句,正写人不如之实,殊觉怨而不怒。换头,言独处之孤冷。"梦魂"两句,言和梦都无,亦觉哀而不伤。又此首上下片结处文笔,皆用层深之法,极为疏隽。少游"衡阳犹有雁传书,郴阳和雁无",亦与此意同。(《唐宋词简释》)

阮郎归①

天边金掌露成霜②,云随雁字长③。绿杯红袖称重阳④,人情似故乡。　　兰佩紫⑤,菊簪黄⑥,殷勤理旧狂⑦。欲将沉醉换悲凉⑧,清歌莫断肠⑨。

注释

① 这首词描写客居他乡的词人,在重阳酒宴上的无限感慨。
② 金掌:铜制的仙人手掌。为汉武帝作承露盘擎盘之用。
③ 雁字:成列而飞的雁群。群雁飞行时常排成"一"或"人"字,故称。白居易《江楼晚眺景物鲜奇吟玩成篇寄水部张员外》

诗:"风翻白浪花千片,雁点青天字一行。"

④ 绿杯:指代装美酒的杯子。称:通"趁",谓随俗应景。
⑤ 兰佩:佩戴兰草。典出《楚辞·离骚》:"扈江离与辟芷兮,纫秋兰以为佩。"
⑥ 菊簪:插戴菊花。
⑦ 殷勤:犹言尽量,竭力。理旧狂:谓重温往日的疏狂之态。
⑧ "欲将"句:意谓借酒消愁。
⑨ 清歌:清亮的歌声。

辑评

况周颐曰:"绿杯"二句,意已厚矣。"殷勤理旧狂",五字三层意思。"狂"者,所谓一肚皮不合时宜,发见于外者也。狂已旧矣,而理之,而殷勤理之,其狂若有甚不得已者。"欲将沉醉换悲凉",是上句注脚。"清歌莫断肠",仍含不尽之意。此词沉着厚重,得此结句,便觉竟体空灵。小晏神仙中人,重以名父之贻,贤师友相沆瀣,其独造处岂凡夫肉眼所能见及。"梦魂惯得无拘束,又逐杨花过谢桥",以是为至,乌足与论小山词耶。(《蕙风词话》)

陈匪石曰:此在《小山词》中,为最凝重深厚之作,与其他艳词不同。考山谷《小山词序》:小山磊隗权奇,疏于顾忌。仕宦堰蹇,而不能一傍贵人之门,论文自有体,不肯一作新进士语。费资千百万,家人饥寒,而面有孺子之色。是殆不随人俯仰者,其别有伤心可知,此词其自写怀抱乎?起两句写秋景。"天边金掌",本是高寒,而"露"已"成霜"矣。秋云本薄,而其"长"乃随

"雁字",短又可想矣。悲凉之意,已淋漓尽致。"绿杯"句一转,本不萦情于"绿杯红袖",而姑"趁""重阳"令节,一作欢娱,满腔幽怨,无可奈何,一"趁"字尽之。其所以然者,以"人情"尚"似故乡"也。过变二句,跟前而来,为"似故乡"之风物。"殷勤理旧狂",则"趁"字心理。"欲将"句再申言之。"沉醉"为"绿杯红袖"之究竟,"悲凉"则霜云之境地。"清歌"偶听,仍是"断肠",终欲换不得,下一"莫"字,自为解劝,究不肯作一决绝语,其温和为何如,其欲屠仍茹为何如耶!(《宋词举》)

唐圭璋曰:此首起两句,言霜寒云薄,是深秋冷落景象,令人生悲。"绿杯"两句,言所以欲暂图沉醉,藉解悲凉者,一则因重阳佳节,一则因人情隆重。换头三句,言重阳行乐之实。"欲将"二字与"莫"字呼应,既将全词收束,更觉余韵悠然。(《唐宋词简释》)

归田乐①

试把花期数②,便早有,感春情绪。看即梅花吐③,愿花更不谢,春且长住④。只恐花飞又春去。

花开还不语⑤,问此意,年年春还会否⑥?绛唇青鬓⑦,渐少花前语。对花又记得,旧曾游处,门外垂杨未飘絮⑧。

注释

① 词篇在惜春留春之际,流露出对过往年华的感叹。
② 花期:植物开花的时期。
③ 看:估量词,犹言料想。即:即是。吐:长出,生出。
④ 长住:长留。
⑤ 还:却。
⑥ 此意:指"愿花更不谢,春且长住"。还:犹言已经。会:领会,理解。否:语末助词,表询问。
⑦ 绛唇青鬓:指代年轻人。绛唇,红唇。青鬓,黑发。
⑧ 絮:指柳絮。

浣溪沙①

二月和风到碧城②,万条千缕绿相迎,舞烟眠雨过清明。　　妆镜巧眉偷叶样③,歌楼妍曲借枝名④,晚秋霜霰莫无情⑤。

注释

① 这是一首美妙的咏柳词。
② 碧城:泛指华美的住所,或谓仙人所居之处。李商隐《碧城三

浣溪沙（二月和风到碧城）

首》之一:"碧城十二曲阑干,犀辟尘埃玉辟寒。"

③ 巧眉偷叶样:谓把眉毛画成柳叶的样子。

④ 借枝名:古曲名《杨柳枝》。

⑤ 霰(xiàn):雪珠。白色不透明的球形或圆锥形小冰粒。多在下雪前或下雪时降落。

辑评

刘永济曰:此词通首咏柳,细味之皆含讽意。上半阕言其盛时。下半阕一、二句,言趋附者之多也。末句似讽、似怜,又似以盛衰无常警戒之。盖柳盛于二月时而衰于晚秋,似得势者有盛必有衰也。作者意中必有所指之人,必系权势煊赫于一时者。考宋仁宗朝,吕夷简权势最盛,子公绰、公弼、公著、公孺皆荣显。《宋史·吕夷简传》论曰:"吕氏更执国政,三世四人,世家之盛,则未之有也。"神宗朝王安石得君虽专,然不如吕氏之三世执政。此词所讽,当指吕氏。(《唐五代两宋词简析》)

浣溪沙①

日日双眉斗画长②,行云飞絮共轻狂③。不将心嫁冶游郎④。　溅酒滴残歌扇字⑤,弄花熏得舞衣香⑥。一春弹泪说凄凉⑦。

注释

① 这首词刻画一位妓女的生活状况及其内心感受。
② "日日"句:语出秦韬玉《贫女》诗:"敢将十指夸纤巧,不把双眉斗画长。"
③ 飞絮:飘飞的柳絮。
④ 冶游郎:寻花问柳的浪荡男子。冶游,旧时谓狎妓。
⑤ 歌扇:古时歌舞时用的扇子。
⑥ "弄花"句:于良史《春山夜月》诗:"掬水月在手,弄花香满衣。"弄花,赏花。
⑦ 一春:整个春季。

辑评

贺裳曰:晏几道"溅酒滴残罗扇字,弄花熏得舞衣香",真觉俨然如在目前,疑于化工之笔。(《皱水轩词筌》)

刘永济曰:此词乃写一舞伎之内心矛盾,亦即其内心之痛苦。于上、下两阕之前两句,极力写出此舞女之日常轻狂生活,而于两结句写其心理之痛苦,更从其生活与心理之矛盾上显出其个性。上半阕结句,言其不轻以身许人,则其上二句所言妆饰之美、举止之狂,非以媚人,实自怜也。下半阕结句,言其一春弹泪,则其上二句所言溅酒、弄花、歌舞之乐,非真感乐,实慰苦也。作者将此一舞女之生活和内心写得如此酣畅,其自身几已化为此女。盖由作者自身亦具有此种矛盾之痛苦,亦同有此舞女之个性,故能体认真切。此舞女,直可认为作者己身之写照。此种写法,又较托闺情以抒己情者更加亲切,因之更加动人。论者称其词顿挫,即从此等处看出也。(《唐五代两宋词简析》)

浣溪沙①

楼上灯深欲闭门,梦云归处不留痕②,几年芳草忆王孙③。　　向日阑干依旧绿④,试将前事倚黄昏。记曾来处易消魂。

注释

① 这首词描写词人故地重游,感伤业已逝去的欢爱。
② 梦云:参见晏殊《木兰花》(玉楼朱阁横金锁)词注。
③ 芳草忆王孙:《楚辞·招隐士》:"王孙去兮不归,春草生兮萋萋。"
④ 向日:昔日,往日。阑干:即栏杆。

六么令①

绿阴春尽,飞絮绕香阁②。晚来翠眉宫样③,巧把远山学④。一寸狂心未说⑤,已向横波觉⑥。画帘遮匝⑦。新翻曲妙⑧,暗许闲人带偷掐⑨。　　前度书多隐语⑩,意浅愁难答⑪。昨夜诗有回文⑫,韵险还慵押⑬。都待笙歌散了⑭,记取留时霎⑮。不消红蜡,闲云归后⑯,月在庭花旧阑角⑰。

注释

① 这首词描写歌女与情人之间眉目传情、书简托意的恋爱生活。

② 飞絮:飘飞的柳絮。香阁:青年女子的内室。

③ 晚来:傍晚,入夜。翠眉宫样:指女子用青黛画眉。

④ 远山:即远山眉,女子秀丽之眉。《西京杂记》:"司马相如妻文君,眉色如望远山,时人效画远山眉。"

⑤ 一寸:指心。古人谓心为方寸之地。狂心:犹言春心,指男女之间相思爱慕的情怀。

⑥ 横波:眼神流动貌。

⑦ 画帘:有画饰的帘子。遮匝(zā):周围都掩盖了。匝,周围,环绕。

⑧ 新翻曲:新改编的曲子。翻,改编。

⑨ "暗许"句:谓默许清闲无事之人来偷偷掐记自己新谱写的曲

子。带,犹多。偷掐,用拇指点着别指进行暗记或推算。
⑩ 书:指书信。隐语:指不直说本意而借别的词语来暗示的话。类似今之谜语。
⑪ "意浅"句:谓因来信辞意不够明确,故愁于难以答复。
⑫ 回文:诗词的修辞手法之一。某些诗词的字句,回环往复读之均能成诵。据说起源于前秦窦滔妻苏蕙的《璇玑图》诗。
⑬ 韵险:所用的诗韵险僻难押。慵押:懒得去用韵。
⑭ 笙歌:泛指奏乐唱歌。
⑮ 记取:记住,记得。留时霎:作短暂的逗留。
⑯ 闲云:悠然飘浮的云。
⑰ 阑:栏杆。

六么令①

雪残风信,悠飐春消息②。天涯倚楼新恨③,杨柳几丝碧。还是南云雁少④,锦字无端的⑤。宝钗瑶席,彩弦声里,拼作尊前未归客⑥。　　遥想疏梅此际,月底香英白⑦。别后谁绕前溪,手拣繁枝摘⑧。莫道伤高恨远⑨,付与临风笛⑩。尽堪愁寂⑪,花时往事⑫,更有多情个人忆⑬。

注释

① 这是一首表现相思之情的作品。

② "雪残"二句:意谓冬雪已尽,风信即将开始,春天的消息已飘忽来到。残,尽。风信,随着季节变化应时吹来的风。悠飏,即悠扬,飘忽不定貌。

③ 倚楼:倚靠在楼窗或楼头栏杆上。新恨:新产生的怅惘之情。

④ 雁少:传说雁能传信。以"雁少"表示往来书信之少。

⑤ 锦字:原指前秦苏蕙寄给丈夫的织锦回文诗。此处指书信。

⑥ "宝钗"三句:意谓惟有借饮酒宴乐、歌舞声色来消解客居的愁情。宝钗,女子首饰名,用来绾住头发的首饰,由两股簪子交叉组合而成。此处指代女子。瑶席,指珍美的酒宴。彩弦,琴弦之美称。尊前,在酒樽之前。指酒筵上。

⑦ 月底:月光之下。香英:即香花。

⑧ 繁枝:繁茂的树枝。

⑨ 恨:遗憾。

⑩ 临风笛:风中的笛声。

⑪ 尽(jǐn):尽可能,尽量。堪:能承受。愁寂:忧愁寂寞。

⑫ 花时:百花盛开的时节。常指春日。

⑬ 个人:那个人。此为词人自指。

更漏子①

槛花稀②，池草遍，冷落吹笙庭院。人去日，燕西飞，燕归人未归。　　数书期③，寻梦意，弹指一年春事④。新怅望⑤，旧悲凉，不堪红日长⑥。

注释

① 这首词表现一位歌女在情人离去后的伤感情怀。
② 槛花:种在栅栏内的花。槛,指防护花木的栅栏。
③ 书期:书信中所约之期。
④ 弹指:捻弹手指作声。佛家多以喻时间短暂,如同手指弹动的一刹那。春事:春色,春意。又指男女欢爱。
⑤ 怅望:惆怅地想望。
⑥ "不堪"句:意谓不能忍受漫漫长日。

更漏子①

柳间眠，花里醉，不惜绣裙铺地。钗燕重②，鬓蝉轻③，一双梅子青④。　　粉笺书⑤，罗袖泪⑥，还有可怜新意⑦。遮闷绿⑧，掩羞红⑨，晚来团扇风⑩。

注释

① 这首词描写一位少女动人的容止及其含情带羞的心理活动。
② 钗燕：钗上之燕状镶饰物，传说佩之吉祥。钗，妇女用来绾住头发的首饰，由两股簪子交叉组合而成。
③ 鬓蝉：即蝉鬓。古代妇女的一种发式。
④ 梅子：指插在发髻上作为装饰的两颗青梅。
⑤ 粉笺书：写在粉笺上的书信。粉笺，粉红色的笺纸。
⑥ 罗袖泪：留在罗袖上的泪痕。罗，稀疏而轻软的丝织品。
⑦ 可怜：形容数量少得不值一提。
⑧ 闷绿：因愁闷而面色发青。
⑨ 羞红：因羞涩而脸红。
⑩ 晚来：傍晚，入夜。团扇：圆形有柄的扇子。古代宫内多用之，又称宫扇。

御街行①

街南绿树春饶絮②，雪满游春路③。树头花艳杂娇云④，树底人家朱户⑤。北楼闲上，疏帘高卷，直见街南树。　　阑干倚尽犹慵去⑥，几度黄昏雨。晚春盘马踏青苔⑦，曾傍绿阴深驻⑧。落花犹在，香屏空掩⑨,人面知何处⑩。

注释

① 这首词表现意中人离去后苦涩无奈的感受。
② 饶:多。
③ 雪:指柳絮。游春:春天外出踏青。
④ 娇云:娇柔多姿之云。
⑤ 朱户:富贵人家的门户以朱漆涂之,故曰。
⑥ 阑干倚尽:谓凭靠在栏杆上的时间极长。慵:懒。去:离去。
⑦ 盘马:谓骑在马上驰骋回旋。
⑧ 绿阴深驻:言在绿阴深处马停休憩。
⑨ 香屏:华美的屏风。
⑩ "人面"句:用崔护"人面桃花"故事。据孟棨《本事诗》载,崔护郊游,至村居求饮,有女给之,含情依桃伫立。明年是日再访,则人去室空。护题诗于门,云:"去年今日此门中,人面桃花相映红。人面不知何处去,桃花依旧笑春风。"

浪淘沙①

小绿间长红②,露蕊烟丛③。花开花落昔年同。

惟恨花前携手处，往事成空。　　山远水重重，一笑难逢，已拼长在别离中④。霜鬓知他从此去⑤，几度春风。

注释

① 这是一首表现女子怀人的作品。
② "小绿"句：言绿叶与红花相间。
③ 烟丛：露水迷蒙的花丛。
④ 拼：豁出去，舍弃不顾。
⑤ 霜鬓：白色鬓发。

辑评

　　陈廷焯曰：缠绵悱恻。（《别调集》）

　　俞陛云曰：花事依然而伊人长往，重抚霜花衰鬓，当年几度春风，皆冉冉向鬓边掠过，其怅惘可知矣。"花落花开"句与结句"几度春风"正相关合。（《唐五代两宋词选释》）

丑奴儿①

昭华凤管知名久②，长闭帘栊③，日日春慵④，闲倚庭花晕脸红。　　应说金谷无人后⑤,此会相逢,三弄临风⑥,送得当筵玉盏空⑦。

注释

① 这首词描写一位颇具声名的女乐工。
② 昭华凤管:古乐器,相传为仙家之笙箫。昭华,古代管乐器名。凤管,笙箫或笙箫之乐的美称。
③ 帘栊:窗帘和窗,也泛指门窗的帘子。
④ 春慵:谓春天的懒散情绪。
⑤ 金谷:泛指富贵人家的豪华园林。晋人石崇曾于洛阳西北建金谷园,著名于世,乃遂以金谷代称园林。
⑥ 三弄临风:在风前吹奏了三支曲子。弄,演奏乐器;演奏一支曲子叫作一弄。
⑦ 盏:指酒杯。

诉衷情①

凭觞静忆去年秋②,桐落故溪头。诗成自写红叶③,和恨寄东流。　　人脉脉④,水悠悠,几多愁。雁书不到⑤,蝶梦无凭⑥,漫倚高楼⑦。

注释

① 这首词表现情人间的相思之苦。

② 凭觞(shāng)：把酒持杯。

③ "诗成"句：暗用"红叶题诗"的典故，感叹无法与情人沟通。据孟棨《本事诗》载，顾况在皇宫旁的御苑游玩，在皇宫流出的溪上捡得一片桐叶，上有宫女题诗曰："一入深宫里，年年不见春。聊题一片叶，寄与有情人。"顾况也在桐叶上题诗一首，放入水中，诗云："花落深宫莺亦悲，上阳宫女断肠时。帝城不禁东流水，叶上题诗欲寄谁？"数日后，顾况又得一叶，上云："一叶题诗出禁城，谁人酬和独含情。自嗟不及波中叶，荡漾乘春取次行。"

④ 脉脉：凝神默坐、含情无语的样子。

⑤ 雁书：大雁传递的书信。此处泛指书信。

⑥ 蝶梦：指梦。典出《庄子·齐物论》："昔者庄周梦为蝴蝶，栩栩然蝴蝶也。"后称梦为蝶梦。

⑦ 漫：随意，胡乱。此处是聊且、姑且的意思。

诉衷情①

长因蕙草记罗裙②，绿腰沈水熏③。阑干曲处人

诉衷情(长因蕙草记罗裙)

静,曾共倚黄昏。　　风有韵,月无痕,暗销魂。拟将幽恨,试写残花④,寄与朝云⑤。

注释

① 这首词是对过往情事的追思,暗含无限失意。
② 蕙草:香草名,又名薰草、零陵香,绿叶紫花。
③ 沈水:即沉香,一种香料。
④ 残花:此处喻指饰有花纹的信笺。
⑤ 朝云:人名。北魏河间王元琛之婢。朱揆《钗小志·善吹篪》:"河间王侍儿朝云,善吹篪,诸羌叛,王令朝云假为老妪吹篪,羌皆流涕复降,语曰:'快马健儿,不如老妪吹篪。'"此处借指心上女子。

破阵子①

柳下笙歌庭院,花间姊妹秋千。记得春楼当日事②,写向红窗夜月前,凭谁寄小莲③?　　绛蜡等闲陪泪④,吴蚕到了缠绵⑤。绿鬓能供多少恨⑥,未肯无情比断弦⑦,今年老去年。

注释

① 这首词抒写对意中女子的怀念。
② 春楼:犹言青楼。
③ 小莲:词人心仪之女子。
④ "绛(jiàng)蜡"句:化用杜牧《赠别二首》之二:"蜡烛有心还惜别,替人垂泪到天明。"绛蜡,红蜡烛。等闲,无端。
⑤ 吴蚕:吴地盛养蚕,故称良蚕为"吴蚕"。缠绵:以蚕丝之缠绵喻示情意之缠绵。
⑥ 绿鬓:乌黑的鬓发。供:犹言禁得起。
⑦ 断弦:断绝的琴弦。比喻断绝情意。

点绛唇①

花信来时②,恨无人似花依旧。又成春瘦③,折断门前柳④。　　天与多情,不与长相守⑤。分飞后,泪痕和酒⑥,占了双罗袖⑦。

注释

① 这首词抒发惜春之情。
② 花信:开花的消息。

③ 春瘦:因伤春而消瘦。
④ "折断"句:意谓尽力折柳以盼望行人归来。古人有折取柳枝以送别亲友的风习。因"柳"与"留"同音,寓有希望行人留下之意。
⑤ "天与"二句:意谓上天使人多情,却不令人长相厮守。与,使,令。
⑥ 酒:酒渍。
⑦ 罗:稀疏而轻软的丝织品。

辑评

陈廷焯曰:淋漓尽致。(《词则·闲情集》)

俞陛云曰:前四句谓春色重归,乃花发而人已去,为伊消瘦,折尽长条,四句曲折而下,如清溪之宛转。下阕谓天畀以情而吝其福,畀以相逢而不使相守。既无力回天,但有酒国埋愁,泪潮湿镜,双袖飘零,酒晕与泪痕层层渍满,则年来心事可知矣。(《唐五代两宋词选释》)

点绛唇①

明日征鞍,又将南陌垂杨折②。自怜轻别,拼得音尘绝③。　　杏子枝边,倚处阑干月,依前缺④。

去年时节，旧事无人说。

注释

① 这首词表现离别之前黯然销魂的情状。
② "明日"二句：意谓明日行人策马扬鞭出行之时，又将折取柳枝以相送别。
③ "自怜"二句：意谓怜惜自己遭受离别之苦，干脆豁出去听任其断绝音信。拼得，犹言豁出去。音尘绝，断绝音信。语出李白《忆秦娥》词："咸阳古道音尘绝。"
④ 依前缺：意谓缺月依旧，如同往昔。

辑评

陈廷焯曰：流连往复，情味自永。（《词则·闲情集》）

俞陛云曰：此记再别之词。承前首折柳门前，故此云又折垂杨。下阕言本期人月同圆，乃几度凭阑，依然月缺。正如唐人诗"思君如满月，夜夜减清辉"。结句旧事更无人说，其实伤心之事，本不愿人重提也。（《唐五代两宋词选释》）

点绛唇①

妆席相逢，旋匀红泪歌金缕②。意中曾许③，欲共吹花去④。　　长爱荷香⑤，柳色殷桥路⑥。留人住，淡烟微雨，好个双栖处⑦。

注释

① 这首词抒写对一位歌女的爱慕之情。
② "旋匀"句：谓立即擦去脸上的泪痕，唱起《金缕曲》。旋，立即，立刻。匀，揩拭。金缕，古曲调《金缕曲》、《金缕衣》的省称。
③ 意中：心里。许：相许。
④ 吹花：古代重阳节的一种游艺活动。宋祁《皇帝后苑燕射赋序》："月著授衣之令，日纪吹花之游。"
⑤ 长爱：长久喜爱。
⑥ 殷桥：地名，未详何处。
⑦ 双栖处：飞禽雌雄共同栖止之地，比喻情侣共处之地。

辑评

陈廷焯曰：情景兼写，景生于情。(《词则·闲情集》)

两同心①

楚乡春晚②，似入仙源③。拾翠处，闲随流水④；

踏青路、暗惹香尘⑤。心心在⑥，柳外青帘⑦，花下朱门⑧。　　对景且醉芳尊，莫话销魂⑨。好意思、曾同明月⑩；恶滋味、最是黄昏。相思处，一纸红笺，无限啼痕。

注释

① 这首词抒写春日情思。

② 楚乡：楚地。

③ 仙源：特指陶渊明所描绘的理想境地桃花源。

④ 拾翠：拾取翠鸟羽毛以为首饰。后多指妇女游春。

⑤ 踏青：清明节前后郊野游览的习俗。香尘：带有花香的尘土。

⑥ 心心：彼此间的情意。

⑦ 青帘：旧时酒店门口挂的幌子，多用青布制成。此处借指酒家。

⑧ 朱门：红漆大门。指贵族豪富之家。

⑨ "莫话"句：谓不要说伤心的话。

⑩ 意思：心情，情绪。

辑评

陈廷焯曰：清词丽句，为元曲滥觞。（《词则·闲情集》）

少年游①

离多最是,东西流水,终解两相逢。浅情终似,行云无定,犹到梦魂中。　可怜人意②,薄于云水,佳会更难重。细想从来,断肠多处,不与者番同③。

注释

① 这首词抒写别后哀思。
② 可怜:犹言可惜、可叹。
③ 者:通"这"。

少年游①

西楼别后②,风高露冷③,无奈月分明。飞鸿影里④,捣衣砧外⑤,总是玉关情⑥。　王孙此际⑦,山重水远,何处赋西征⑧?金闺魂梦枉叮咛⑨,寻尽短长亭⑩。

注释

① 这首词表现闺中妇人对远征良人的思念。

② 西楼:泛指歌舞娱乐场所。
③ 风高:风大。
④ 飞鸿:飞行的鸿雁。
⑤ 捣衣:古时衣服常由纨素一类织物制成,质地较硬,须先置石上以杵反复舂捣,使之柔软,称为"捣衣"。后泛指捶洗。砧(zhēn):捣衣石。
⑥ "总是"句:用李白《子夜吴歌》诗成句:"长安一片月,万户捣衣声。秋风吹不尽,总是玉关情。"玉关,关名。汉武帝置。因西域输入玉石时取道于此而得名。汉时为通往西域各地的门户。故址在今甘肃敦煌西北小方盘城。
⑦ 王孙:君王的子孙,后泛指贵族子弟。此处指代游子。
⑧ 赋西征:西晋潘岳著有《西征赋》。赋,吟诵,创作。征,远行。
⑨ 金闺:闺阁的美称。叮咛:嘱咐,告诫。
⑩ 短长亭:古时设在大道旁边的驿亭,供行人休息。十里一长亭,五里一短亭,故曰短长亭。

虞美人①

闲敲玉镫隋堤路②,一笑开朱户③。素云凝淡月婵娟④,门外鸭头春水木兰船⑤。　　吹花拾蕊嬉游惯⑥,天与相逢晚⑦。一声长笛倚楼时⑧,应恨不题红叶寄相思⑨。

注释

① 这首词表现男女相思相恋的情形。
② 闲敲玉镫:谓悠闲地骑马游逛。敲镫,触踏马镫,指骑马。玉镫,马镫的美称。隋堤:隋炀帝时沿通济渠、邗沟河岸修筑的御道,道旁植杨柳,后人谓之隋堤。
③ 朱户:富贵人家的门户以朱漆涂之,故曰朱户。
④ 素云凝淡:谓白云静止不动。婵娟:形容月色明媚。
⑤ 鸭头:鸭头色绿,用以形容碧绿的春水。木兰船:用木兰树造的船。后常用为船的美称。
⑥ 吹花拾蕊:指赏玩花朵。
⑦ 与:使,令。
⑧ "一声"句:化用赵嘏《长安晚秋》诗:"残星几点雁横塞,长笛一声人倚楼。"倚楼,倚靠在楼窗或楼头栏杆上。
⑨ "应恨"句:参见晏几道《诉衷情》(凭觞静忆去年秋)词注。恨,遗憾。

虞美人①

曲阑干外天如水②,昨夜还曾倚。初将明月比佳期③,长向月圆时候望人归④。　　罗衣着破前香在⑤,旧意谁教改。一春离恨懒调弦⑥,犹有两行闲泪宝筝前⑦。

注释

① 这是一首思妇怀人之作。
② 天如水:形容天色清澄如水。
③ 初:当初。佳期:指男女重晤的日期。
④ 向:在,于。
⑤ 罗衣:轻软丝织品制成的衣服。着破:穿破。前香:从前的香味。
⑥ 一春:整个春天,言时间之长。调弦:调节琴弦松紧以准其音调。此处指弹奏古筝。
⑦ 宝筝:古筝之美称。

虞美人①

疏梅月下歌金缕②,忆共文君语③。更谁情浅似春风,一夜满枝新绿替残红。　　蘋香已有莲开信④,两桨佳期近⑤。采莲时节定来无⑥?醉后满身花影倩人扶⑦。

注释

① 这首词主要表现对于心爱女子的怀念。

② 疏梅:稀疏的梅枝。金缕:古曲调《金缕曲》、《金缕衣》的省称。

③ 共:与,和。文君:卓文君。汉临邛富翁卓王孙之女,貌美,有才学。此处指代美女。据司马迁《史记·司马相如列传》载,司马相如至富人卓王孙家饮酒。卓王孙之女卓文君新寡,好音乐,窃自户窥相如。相如乃抚琴表意,文君夜奔相如。

④ "蘋香"句:意谓微风吹来蘋花香气,是荷花将开的信息。

⑤ 佳期:指男女重晤的日期。

⑥ 无:副词。用于句末,表示疑问,相当于"否"。

⑦ "醉后"句:化用陆龟蒙《和袭美香春夕酒醒》诗:"觉后不知明月上,满身花影倩人扶。"倩人,谓请托别人。

辑评

卓人月曰:"替"字妙。(《古今词统》)

俞陛云曰:集中多离索之感。此调"新绿"、"残红",甫嗟易别,"蘋香"、"两桨",旋盼相逢,"花影人扶"句预想归来。闹红一舸,风致嫣然,丽而有别。(《唐五代两宋词选释》)

采桑子①

秋千散后朦胧月②,满院人闲。几处雕阑③,一夜风吹杏粉残④。　　昭阳殿里春衣就⑤,金缕初干⑥。莫信朝寒⑦,明日花前试舞看。

注释

① 这首词描写歌女们在夜间闲眠时光的生活场景。
② "秋千"句:王仁裕《开元天宝遗事·半仙之戏》:"天宝宫中,至寒食节竞竖秋千,令宫嫔辈戏笑以为宴乐。帝呼为半仙之戏。"秋千散后,言秋千游戏结束后。
③ 雕阑:雕花彩饰的栏杆,华美的栏杆。
④ 杏粉:杏花的花粉。残:尽。
⑤ 昭阳殿:汉宫殿名。后泛指后妃所住的宫殿。春衣:春季穿的衣服。就:完成,做好。
⑥ 金缕:指金缕衣,以金丝编织的衣服。
⑦ "莫信"句:意谓希望不要连续两日朝寒。信,谓连宿两夜曰"信",引申谓两天。朝寒,早晨寒冷。

采桑子①

红窗碧玉新名旧②,犹绾双螺③。一寸秋波④,千斛明珠觉未多⑤。　　小来竹马同游客⑥,惯听清歌。今日蹉跎⑦，恼乱工夫晕翠蛾⑧。

注释

① 这首词描写一位与词人幼年相识，但多年未见的歌女。
② 碧玉：人名。南朝宋汝南王妾。此处即指本词所描写的歌女。新名旧：谓新名乃是沿用古人之旧名。
③ 绾(wǎn)：盘打成结。双螺：指少女头上的两个螺形发髻。
④ 秋波：比喻美女的目光，形容其清澈明亮。
⑤ "千斛(hú)"句：意谓即便用千斛明珠来收买这名歌女，也还是觉得太少。斛，古代一种量器。
⑥ 小来：从小，年轻时。竹马：儿童游戏时当马骑的竹竿。今有成语"青梅竹马"。
⑦ 蹉跎：衰颓。
⑧ 恼乱工夫：意为打搅别人的时间。恼乱，烦忧、打扰。工夫，时间、时光。翠蛾：借指美女。

采桑子①

西楼月下当时见②，泪粉偷匀③。歌罢还颦④，恨隔炉烟看未真。　　别来楼外垂杨缕，几换青春。

倦客红尘⑤。长记楼中粉泪人。

注释

① 这首词追忆昔日初见一位歌女的情景。
② 西楼:泛指歌舞娱乐场所。
③ 泪粉:脸上被泪水湿润的脂粉。偷匀:偷偷地拭去泪痕。
④ 颦:皱眉。
⑤ 倦客:客游他乡而对旅居生活感到厌倦的人。此处乃作者自指。

采桑子①

无端恼破桃源梦②,明日青楼③,玉腻花柔④,不学行云易去留。 应嫌衫袖前香冷,重傍金虯⑤,歌扇风流⑥,遮尽归时翠黛愁⑦。

注释

① 这首词描写词人与歌伎之间的欢合离别。
② 桃源梦:参见晏几道《玉楼春》(采莲时候慵歌舞)词注。
③ 青楼:此指妓女居所。

④ 玉腻花柔:形容女子肌肤柔嫩光滑。

⑤ 金虬(qiú):龙形铜制香炉。

⑥ 歌扇:歌舞时用的扇子。

⑦ "遮尽"句:意谓用歌扇遮挡住忧伤的眉目。翠黛,眉的别称。古代女子用螺黛(一种青黑色矿物颜料)画眉,故名。此处泛指眉目。

满庭芳①

南苑吹花②,西楼题叶③,故园欢事重重。凭阑秋思,闲记旧相逢。几处歌云梦雨④,可怜便、流水西东。别来久,浅情未有,锦字系征鸿⑤。　年光还少味,开残槛菊⑥,落画溪桐。漫留得,尊前淡月西风⑦。此恨谁堪共说⑧,清愁付、绿酒杯中。佳期在,归时待把,香袖看啼红⑨。

注释

① 这首词描写词人与一位歌女之间的悲欢离合。上片从昔日欢会,写到离愁别恨;下片重在抒发别后相思,并期盼早日重逢。

② 南苑:御苑名。因在皇宫之南,故名。历代所指不一。吹花:古代重阳节的一种游艺活动。

③ 西楼:泛指歌舞娱乐场所。题叶:参见晏几道《虞美人》(闲敲玉镫隋堤路)词注。

④ 歌云梦雨:指男欢女爱。

⑤ 锦字:指书信。征鸿:即征雁。古代有鸿雁传书之说。

⑥ 槛菊:种在栅栏内的菊花。槛,指防护花木的栅栏。

⑦ 漫:徒然。西风:指秋风。

⑧ 共:与。

⑨ "归时"二句:意谓等到回来之时要把持着她的衣袖,看衣袖上的泪痕。

辑评

陈廷焯曰:柔情蜜意。(《词则·闲情集》)

留春令①

画屏天畔,梦回依约。十洲云水②,手撚红笺寄人书③,写无限、伤春事。　　别浦高楼曾漫倚④,对江南千里。楼下分流水声中,有当日、凭高泪⑤。

注释

① 这首词抒发对于远方爱人的思念。
② "画屏"三句:意谓梦醒朦胧之际,画屏中所画的天际依约仿佛十洲云水。画屏,有画饰的屏风,有山水、云天、花鸟之象。天畔,犹天边,天际。此指画屏中所画之象。十洲,道教称大海中神仙居住的十处名山胜境。亦泛指仙境。云水,云与水。此处指代风景、景象。
③ 撚:执,持取。红笺:供人书写用的红色纸张。书:书信。
④ 别浦:指水边离别之处。漫:遍,全。
⑤ 凭高:登临高处。

辑评

杨慎曰:晁元忠诗:"安得龙湖潮,驾回安河水。水从楼前来,中有美人泪。人生高唐观,有情何能已。"晏小山《留春令》全用其语。(《词品》)

卓人月曰:于人如此认取,何必红绡裹来。(《古今词统》)

清商怨①

庭花香信尚浅②,最玉楼先暖③。梦觉春衾,江南依旧远④。　　回文锦字暗剪,漫寄与、也应归晚⑤。要问相思,天涯犹自短⑥。

注释

① 这是一首思妇怀远之词。
② 香信:即花信,开花的消息。尚浅:意谓为时尚早。
③ 最:副词。犹正,恰。先暖:先得暖意。
④ "梦觉"二句:意谓梦中在江南与爱人相会,但梦醒后发现江南依旧遥远。春衾(qīn),春季用的被子。
⑤ "回文"二句:意谓默默地写信寄给爱人,但也徒劳,他依然不会早日归来。回文锦字,指寄予爱人的书信。回文,诗词的修辞手法之一。某些诗词的字句,回环往复读之均能成诵。据说起源于前秦窦滔妻苏蕙的《璇玑图》诗。锦字,此处指书信。暗,默默的样子。剪,剪裁,指编排书信的文字。漫,徒然。
⑥ "要问"二句:谓如果要问我相思之情有多长,那么与之相比,天涯的路途也算是短的。

辑评

陈廷焯曰:梦生于情,"依旧"二字中,一波三折。艳词至小山,全以情胜,后人好作淫亵语,又小山之罪人也。(《词则·闲情集》)

秋蕊香①

歌彻郎君秋草②,别恨远山眉小③。无情莫把多情恼,第一归来须早。　　红尘自古长安道,故人少、相思不比相逢好。此别朱颜应老。

注释

① 这首词描写一名歌女送别情人的场景。上片写分手之际唱歌送别,希望情人不要相忘;下片设想情人在长安没有朋友,想必会感到孤独,并觉得自己会因相思而老去。
② 歌彻:唱完。
③ 远山眉:形容女子秀丽之眉。

思远人①

红叶黄花秋意晚,千里念行客②。飞云过尽,归鸿无信③,何处寄书得④。　　泪弹不尽临窗滴,就砚旋研墨⑤。渐写到别来,此情深处,红笺为无色⑥。

秋蕊香（歌彻郎君秋草）

注释

① 这首词极写相思之苦。

② 行客:指远行的爱人。

③ 归鸿:归雁。古代传说中有鸿雁为人传递书信的故事。故诗文中多用以寄托归思。

④ 寄书得:即寄得书,谓能够将书信寄来。

⑤ "泪弹"二句:意谓泪水涟涟不及挥去而临窗滴落,就近滴在砚台中,又急忙以泪代水而研磨。泪弹,即弹泪,挥泪。就,就近。旋,急忙。

⑥ "此情"二句:意谓深沉的相思之恨让华美的红笺也失去了光彩。红笺,供题咏或书信之用的小幅红色纸张。无色,谓失去光彩。

辑评

卓人月曰:笔则一时无色,字则三岁不灭。(《古今词统》)

陈廷焯曰:就"泪"、"墨"二字,渲染成词,何等姿态。(《词则·闲情集》)

陈匪石曰:首句写景以起兴。因感"秋意",遂"念行客",此属于闺体,乃代闺中人立言者。"飞云"缥缈无凭,况已"过尽",而云边归雁又杳无音信,是虽寄书而不知其处矣。然书虽无从寄,而又不肯不写,故后遍说写书时情事。因无处寄书,于是弹泪。"泪弹不尽",而临窗滴下,有砚承之,乃"就砚""研墨",仍以写书,即墨即泪,幽闺动作,幽闺心事,极旖旎,极凄断,看其只从"和泪濡墨"四字化出,而深婉如许,已令人叫绝矣。下文再进一层说,"渐"字极宛转,却激切。"写到别来,此情深处",墨中纸上,情与泪粘合为一,不辨何者为泪,何者为情,故不谓笺色之红因泪而淡,却谓红笺之色因情深而无,语似无理,而实则有此想法,体会入微,神妙达秋毫颠矣。至此词纯用直笔朴语,不事藻饰,在小山为另一机杼。实则《花间》亦有质朴一派,特易涉浅露,小山则出以蕴藉,故终不堕恶趣也。欲入此法门,当求诸《古诗十九首》。(《宋词举》)

唐圭璋曰:此首调与题合。起韵谓对景怀人。次韵谓书不得寄,怀念愈切。换头承上,申言无处寄书而弹泪,虽弹泪而仍作书,用意极厚。滴泪研墨,真痴人痴事。末二句,不说己之悲哀,而言红笺都为无色,亦慧心妙语也。(《唐宋词简释》)

碧牡丹[①]

翠袖疏纨扇[②],凉叶催归燕[③]。一夜西风[④],几处伤高怀远。细菊枝头[⑤],开嫩香还遍[⑥],月痕依旧庭院[⑦]。　　事何限[⑧],怅望秋意晚[⑨],离人鬓华将换⑩。静忆天涯,路比此情犹短⑪。试约鸾笺,传素期良愿⑫,南云应有新雁⑬。

注释

① 这首词表现女子对于远方爱人的思念。
② "翠袖"句:意谓天气转凉,团扇遭人弃置。翠袖,青绿色衣袖。泛指女子的装束。此处指代女子。疏,疏远,冷落。纨(wán)扇,细绢制成的团扇。
③ "凉叶"句:意谓秋天飘零的落叶催促着燕子飞回南方。凉叶,秋天的树叶。
④ 西风:多指秋风。
⑤ 细菊:小菊花。
⑥ 嫩香:微香。
⑦ 月痕:月影,月光。
⑧ 何限:多少,几何。
⑨ 怅望:惆怅地看望或想望。秋意:秋季凄清萧瑟的景观和气象。
⑩ 离人:离别的人。鬓华将换:意谓黑发将要斑白。鬓华,花白的鬓发。
⑪ "静忆"二句:意谓天涯路长,而比起相思之情却显得短了。极言相思情深。
⑫ "试约"二句:意谓尝试写信来传递向来的期待和美好的愿

望。约,此处有准备、具备之意。鸾笺,彩笺的别称,供书信之用的小幅彩色纸张。素,平素,向来。期,期待。良愿,美好的愿望。

⑬ "南云"句:意谓此时应有鸿雁飞往南方的天空,便可将书信寄与远方的爱人。南云,指南方的天空。新雁,新近南飞的鸿雁。

附录一 珠玉词总评

欧阳修曰：晏元献公喜评诗，尝曰："'老觉腰金重，慵便枕玉凉'，未是富贵语，不如'笙歌归院落，灯火下楼台'，此善言富贵者也。"人皆以为知言。（《归田录》）

刘攽曰：晏元献尤喜江南冯延巳歌词。其所自作，亦不减延巳。（《中山诗话》）

李之仪曰：晏元献、欧阳文忠、宋景文则以其余力游戏，而风流闲雅，超出意表，又非其类也。谛味研究，字字皆有据，而其妙见于卒章，语尽而意不尽，意尽而情不尽，岂平平可得仿佛哉！（《跋吴思道小词》）

王灼曰：晏元献公、欧阳文忠公，风流蕴藉，一时莫及，而温润秀洁，亦无其比。（《碧鸡漫志》）

李清照曰：至晏元献、欧阳永叔、苏子瞻，学际天人，作为小歌词，直如酌蠡水于大海，然皆句读不葺之诗耳。又往往不协音律者。（《词论》）

魏泰曰：王安国性亮直，嫉恶太甚。荆公初为参知政事，闲日，因阅晏元献小词而笑曰："为宰相，为小词乎？"平甫曰："彼亦偶然自喜为尔，顾其事业，岂止如是耶？"时吕惠卿为馆职，亦在座，遽曰："为政必先放郑声，况自为之乎？"平甫正色曰："放郑声，乃不若远佞人也。"吕大以为讥己，自是尤与平甫相失也。（《东轩笔录》）

吴处厚曰：晏元献公虽起田里，而文章富贵，出于天然。

尝览李庆孙《富贵曲》云："轴装曲谱金书字，树记花名玉篆牌。"公曰："此乃乞儿相，未尝谙富贵者。"故公每吟富贵，不言金玉锦绣，而惟说其气象。若"楼台侧畔杨花过，帘幕中间燕子飞。""梨花院落溶溶月，柳絮池塘淡淡风"之类是也。故公每以此句语人曰："穷女儿家有这景致无。"又曰：公风骨清羸，不喜食肉，尤嫌肥膻。每读韦应物诗，爱之曰："全没些脂腻气。"故公于文章尤负赏识。集梁《文选》以后迄于唐，别为集，选五卷，而诗之选尤精，凡格调猥俗而脂腻者，皆不载也。公之佳句，宋莒公皆题于斋壁，若"无可奈何花落去，似曾相识燕归来。""静寻啄木藏身处，闲见游蜂到地时。""楼台冷落收灯夜，门巷萧条扫雪天。""已定复摇春水色，似红如白野棠花"之类。莒公常谓此数联，使后之诗人无复措词也。（《青箱杂记》）

尹觉曰：词，古诗流也。吟咏情性，莫工于词。临淄、六一，当代文伯，其乐府犹有怜景泥情之偏。岂情之所钟，不能自已于言耶？（《赵师侠坦庵词序》）

赵文曰：观欧、晏词，知是庆历、嘉祐间人语。观周美成词，其为宣和、靖康也无疑矣。声音之为世道邪？世道之为声音邪？有不自知其然而然者矣。悲夫！（《吴山房乐府序》）

王博文曰：乐府始于汉，著于唐，盛于宋。大概以情致为主，秦、晁、贺、晏虽得其体，然哇淫靡曼之声胜。东坡、稼轩矫之以雄词英气，天下之趋向始明。（《天籁集序》）

王世贞曰：之诗而词，非词也；之词而诗，非诗也。言其

业、李氏、晏氏父子、耆卿、子野、美成、少游、易安至矣，词之正宗也。（《艺苑卮言》）

夏树芳曰：同叔之玄超，小山之流媚，柳屯田之翻空广调，六一居士之清远多风，几最按拍。加以坡翁之卓绝，山谷之萧疏，淮海之骞芳，东堂之振藻，亟为引商。至于幼安之风襟豪上，睥睨无前，放翁之不伦不理，乾坤莽荡，又勃勃焉欲骞裳濡足以游。之数公者，人各具一词，词各呈一伎俩。

又曰：元献、文忠、稼轩、泽民诸君子，立朝建议，大义炳如，公余眺赏之暇，讽咏悲歌，时为小令，时作长吟，孰知其所以合，孰知其所以离，固风雅之别流，而词诗坛之逸致也。（《刻宋名家词序》）

毛晋曰：同叔，抚州临川人也。七岁能属文，张知白以神童荐，真宗召见，与千余人并试廷中，神气不慑，援笔立成。帝异之，使尽读秘阁书。每所咨访，率用寸方小纸，细书问之。继事仁宗，尤加信爱，仕至观文殿大学士，以疾请归，留侍经筵。及卒，帝临奠，犹以不亲视疾为恨，特罢朝二日，赠谥元献。一时贤士大夫，如范仲淹、欧阳修等，皆出其门。择婿又得富弼、杨察。赋性刚峻，遇人以诚，一生自奉如寒士。为文赡丽，应用不穷，尤工风雅，间作小词。其暮子几道云：先公为词，未尝作妇人语也。（《珠玉词跋》）

严沆曰：同叔、永叔、方回、子野，咸本《花间》而渐近流畅。（《古今词选序》）

邹祗谟曰：小调不学《花间》，则当学欧、晏、秦、黄。

《花间》绮琢处,于诗为靡,而于词则如古锦纹理,自有黯然异色。欧、晏蕴藉,秦、黄生动,一唱三叹,总以不尽为佳。(《远志斋词衷》)

任绳隗曰:顾又谓:词者,诗之余也,大雅所不道也。故六代之绮靡柔曼,几为词苑滥觞。自唐文三变,燕、许、李、杜诸君子,变而愈上,遂障其澜而为诗。宋人无诗,大家如欧、苏、秦、黄,不能力追初盛,多淫哇细响,变而愈下,遂泛其流而为词。此主乎文章风会言之也。(《学文堂诗余序》)

王士禛曰:温、和生而《花间》作,李、晏出而《草堂》兴,此诗之余而乐府之变也。……有诗人之词……有文人之词,晏、欧、秦、李诸君子是也。(《倚声初集序》)

汪懋麟曰:晏元献、欧文忠为宋名臣,其所建树与所著作,自古罕匹。而《珠玉》、《六一》之词,歌咏人口至今不废。盖大君子之用心,不汩汩于嗜欲,政事之暇,寄闲情于词赋,性情使然也,夫何害松陵。 又曰:予尝论宋词有三派:欧、晏正其始,秦、黄、周、柳、姜、史、李清照之徒备其盛,东坡、稼轩放乎其言之矣。其余子,非无单词只句,可喜可诵,苟求其继,难矣哉。(《棠村词序》)

先著、程洪曰:情景相副,宛转关生,不求工而自合。宋初所以不可及也。 又曰:小山父子及德麟辈,用事亦未常不轻,但有厚薄浓淡之分。后人一再过,不复留余味,而古人隽永不已。(《词洁辑评》)

纪昀等曰:殊赋性刚峻,而词语特婉丽,故刘攽《中山诗话》谓：元献喜冯延巳歌词，其所自作，亦不减延巳。赵与时《宾退录》记殊幼子几道尝称珠词不作妇人语，今观其集，绮艳之词不少，盖几道欲重其父名，故作是言，非确论也。(《珠玉词提要》)

李调元曰：晏殊《珠玉词》极流丽，能以翻用成语见长。如"垂杨只解惹春风，何曾系得行人住"，又"春风不解禁杨花，蒙蒙乱扑行人面"等句是也。翻覆用之，各尽其致。(《雨村词话》)

郭麐曰：词之为体，大略有四：风流华美，浑然天成，如美人临妆，却扇一顾，《花间》诸人是也。晏元献、欧阳永叔诸人继之。(《灵芬馆词话》)

许昂霄曰：晏氏父子均可追逼花间，琴川毛氏以融南唐二主，虽不免拟之不伦，然词林中类此者，固指不多屈也。(《词综偶评》)

周济曰：晏氏父子，仍步温、韦。(《宋四家词选目录序论》)

刘熙载曰：冯延巳词，晏同叔得其俊，欧阳永叔得其深。(《词概》)

杨希闵曰：书家学真书，必从篆隶入乃高胜。吾谓词家亦当从汉魏六朝乐府入，而以温、韦为宗，二晏、贺、秦为嫡裔。欧、苏、黄则如光武崛起，别为世庙。如此则有祖有祢，而后乃有子有孙，彼载从南宋梦窗、玉田入者，不啻生于空桑矣。(《词轨·序》)

陆鎣曰：无论三唐五季，佳词林立。即论两宋，庐陵翠树，元献清商……其见于《草堂》、《花间》不下数百家。虽藻采孤骞，而源流攸别。（《问花楼词话》）

谭莹曰：杨柳桃花调亦陈，三家村里住无因。歌同许似冯延巳，语语原因类妇人。（《论词绝句一百首》）

冯煦曰：词至南唐，二主作于上，正中和于下，诣微造极，得未曾有。宋初诸家，靡不祖述二主，宪章正中，譬之欧、虞、褚、薛之书，皆出逸少。晏同叔去五代未远，馨烈所扇，得之最先，故左宫右徵，和婉而明丽，为北宋倚声家初祖。刘攽《中山诗话》谓"元献喜冯延巳歌词，其所自作，亦不减延巳。"信然。　又曰：宋初大臣之为词者，寇莱公、晏元献、宋景文、范蜀公，与欧阳文忠，并有声艺林。然数公或一时兴到之作，未为专诣。独文忠与元献，学之既至，为之亦勤，翔双鹄于交衢，驭二龙于天路。且文忠家庐陵，而元献家临川，词家遂有西江一派。其词与元献同出南唐，而深刻则过之。（《蒿庵论词》）　又曰：晏同叔去五代未远，馨烈所扇，得之最先，故左宫右徵，和婉而明丽，为北宋倚声家初祖。（《宋六十一家词选例言》）

樊增祥曰：盛宋名臣，多娴斯制，间为绮语，未是专家。小山有作，始空群骥。伊川正色，且移情于谢桥；洛甫幽思，将并名于团扇。岂非同叔之凤毛而颍昌之麟角乎？子野歌词亚于小晏，晁无咎称其高韵，耆卿所无媿哉。（《东溪草堂词选自叙》）

陈廷焯曰：晏、欧词雅近正中，然貌合神离，所失甚远。盖正中意余于词，体用兼备，不当作艳词读，若晏、欧不过极力为艳词耳，尚安足重。(《白雨斋词话》)

蔡嵩云曰：唐五代小令，为词之初期，故花间、后主、正中之词，均自然多于人工。宋初小令，如欧、秦、二晏之流，所作以精到胜，为唐五代稍异，盖人工甚于自然矣。(《柯亭词论》)

郑骞曰：《珠玉词》清刚淡雅，深情内敛，非浅识所能了解，近人遂有讥为"身处富贵，无病呻吟"者。不知同叔一生，亦曾屡遭拂逆，且与物有情，而地位崇高，性格严峻，更易蕴成寂寞心境，故发为词章，充实真挚，安得谓之无病呻吟！文人哀乐，与生俱来，断无作几日官即变成"心溷溷面团团"之理。为此语讥同叔者，吾知其始终未出三家村也。

又曰：《珠玉词》缘情体物，细微入妙处，为六一所不及。六一情调之奔放，气势之沉雄，又为《珠玉》所无。　又曰：晏、欧词虽不能如苏、辛之几于每事皆可写人，而堂庑气象，决非花间所能笼罩。张皋文"尊体"之说，为词坛正论，欲于五代宋初求能尊体者，正中、二主，与晏、欧皆是。能深刻真挚以写人生，即是尊体，非必缠绵忠爱。陈廷焯《白雨斋词话》不解此旨，乃仅以艳词目晏、欧，真颠倒之论。(《成府谈词》，见《词学》)

附录二　小山词总评

王灼曰：叔原词，如金陵王、谢子弟，秀气胜韵，得之天然，殆不可学。仲殊次之，殊之赡，晏反不逮也。　　又曰：晏叔原歌词，初号《乐府补亡》。自序曰："往与二三忘名之士，浮沉酒中，病世之歌词，不足以析酲解愠，试续南部诸贤，作五七字语，期以自娱。不皆叙所怀，亦兼写一时杯酒闲闻见，及同游者意中事。尝思感物之情，古今不异。窃谓篇中之意，昔人定已不遗，第今无传耳。故今所制，通以《补亡》名之。始时，沈十二廉叔、陈十君龙家，有莲、鸿、蘋、云，工以清讴娱客，每得一解，即以草授诸儿，吾三人听之，为一笑乐。"其大旨如此。叔原于悲欢合离，写众作之所不能，而嫌于夸，故云，昔人定已不遗，第今无传。莲、鸿、蘋、云，皆篇中数见，而世多不知为两家歌儿也。其后目为《小山集》，黄鲁直序之云："嬉弄于乐府之余，寓以诗人句法，清壮顿挫，能动摇人心。"又云："狭邪之大雅，豪士之鼓吹，其合者《高唐》、《洛神》之流，其下者不减《桃叶》、《团扇》。""若乃妙年美士，近知酒色之娱。苦节癯儒，晚悟裙裾之乐。鼓之舞之，使宴安鸩毒而不悔，则叔原之罪也哉。"叔原年未至乞身，退居京城赐第，不践诸贵之门。（《碧鸡漫志》）

李清照曰：乃知别是一家，知之者少，后晏叔原、贺方回、秦少游、黄鲁直出，始能知之。又晏苦无铺叙，贺苦少典重，秦则专主情致，而少故实，譬如贫家美女，虽极妍丽丰

逸，而终乏富贵态；黄即尚故实，而多疵病，譬如良玉有瑕，价自减半矣。(《词论》)

王铚曰：贺方回遍读唐人遗集，取其意以为诗词。然所得在善取唐人遗意。不如晏叔原，尽见升平气象，所得者人情物态。叔原妙在得于妇人，方回妙在得词人遗意。(《默记》)

陈鹄曰：前辈谓伊川尝见秦少游词"天还知道，和天也瘦"之句，乃曰："高高在上，岂可以此渎上帝。"又见晏叔原词"梦魂惯得无拘束，又踏杨花过谢桥"，乃曰："此鬼语也。"盖少游本李长吉"天若有情天亦老"之意，过于媟渎，少游竟死于贬所。叔原寿亦不永，虽曰有数，亦口舌劝淫之过。(《西塘集耆旧续闻》)

邵博曰：叔原监颍昌府许田镇，手写自作长短句，上府帅韩少师，少师报书："得新词盈卷，盖才有余而德不足者，愿郎君捐有余之才，补不足之德，不胜门下老吏之望云。"一镇监官，敢以杯酒间自作长短句示本道，以大帅之严，犹尽门生忠于郎君之意；在叔原为甚豪，在韩公为甚德也。(《邵氏闻见后录》)

周济曰：晏氏父子，仍步温、韦，小晏精力尤胜。(《介存斋论词杂著》)

刘熙载曰：叔原贵异，方回赡逸，耆卿细贴，少游清远，四家词趣各别，惟尚婉则同耳。(《词概》)

冯煦曰：淮海、小山，真古之伤心人也，其淡语皆有味，浅语皆有致。求之两宋词人，实罕其匹。子晋欲以晏氏父子追

配李氏父子,诚为知音。彼丹阳、归愚之相承,固琐琐不足数尔。(《蒿庵论词》)

陈廷焯曰:诗三百篇,大旨归于无邪。北宋晏小山工于言情,出元献、文忠之右,然不免思涉于邪,有失风人之旨,而措词婉妙,则一时独步。 又曰:李后主、晏叔原皆非词中正声,而其词则无人不爱,以其情胜也。情不深而为词,虽雅不韵,何足感人。(《白雨斋词话》) 又曰:晏小山词,风流绮丽,独冠一时。黄山谷序,称叔原仕宦连蹇,而不能一傍贵人之门,是一痴也。论文自有体,而不肯一作新进士语,此又一痴也。费资千百万,家人饥寒,而面有孺子之色,此又一痴也。是叔原之为人,正有异于流俗,不第以绮语称矣。(《词坛丛话》)

况周颐曰:小山词从《珠玉》出,而成就不同,体貌各具。《珠玉》比花中之牡丹,小山其文杏乎。(《蕙风词话》)

夏敬观:晏氏父子,嗣响南唐二主,才力相敌,盖不特词胜,尤有过人之情。叔原以贵人暮子,落拓一生,华屋山邱,身亲经历,哀丝豪竹,寓其微痛纤悲,宜其造诣又过于父。山谷谓为"狎邪之大雅,豪士之鼓吹",未足以尽之也。 又曰:殊父子词,语浅意深,有回肠荡气之妙;几道殆过其父。(《映庵词评》)

陈匪石曰:至于北宋小令,近承五季。慢词蕃衍,其风始微。晏殊、欧阳修、张先固雅负盛名,而砥柱中流,断非几道莫属。 又曰:《珠玉》、《小山》、子野、屯田、《东山》、《淮

海》、《清真》，其词皆神于炼，不似南宋名家针线之迹未灭尽也。（《声执》）

郑骞曰：小山词境，清新凄婉，高华绮丽之外表，不能掩其苍凉寂寞之内心，伤感文学，此为上品。《人间词话》云："小山矜贵有余，但可方驾子野、方回，未足抗衡淮海。"是犹以寻常贵公子目小山矣。　又曰：小山词伤感中见豪迈，凄凉中有温暖，与少游之凄厉幽远异趣，小山多写高堂华烛、酒阑人散之空虚，淮海则多写登山临水、栖迟零落之苦闷。二人性情家世环境遭遇不同，故词境亦异，其为自写伤心则一也。（《成府谈词》，见《词学》）